謹以此書
紀念張夢機教授
逝世七週年

忘年生 徐世澤 恭印
2017年4月1日

教詩帶並

童山題耑

徐世澤、張夢機
邱燮友、許清雲
黃坤堯、徐國能
周　琪　合著

萬卷樓

序

邱燮友

詩歌是精美的語言文字，是古典詩或新詩。它是高濃度情意的濃縮，也是高難度文字的排列組合。

古典詩的類別很多，從《詩經》、《楚辭》、到古詩、樂府詩、近體詩中的絕句和律詩；而新詩只是近百年來的新體詩，從我手寫我口，到今日晦澀難懂的「現代詩」。其實現代詩是無法流行的，類似北宋初葉的「太學體」和「西崑體」，太學體是北宋初葉太學生所寫的詩，今日要舉例都很難舉例，因此體已被年代或時代所淘汰，不流行於人民之口；西崑體是《四庫全書》收錄有一部《西崑酬唱集》，但也沒有人能口誦一首西崑體的詩，凡是晦澀難以上口的詩，久而久之，自然被時代所淘汰；因此我們如果要寫新詩，便要流利上口，才能存活於後代。

詩跟歌本來是一體的，詩是文字的詞，於是音樂可唱的，所以詩歌合體，可傳唱，但文人會作詞，不一定會作曲，音樂人往往把文人的詞，配上曲譜，便能傳唱，流行久遠。所以這些詩歌，便是古典詩中的樂府詩。

新詩中有些兒歌，是可以吟唱，但一般的新詩，僅供閱讀，可以傳唱的新詩，少之又少。我在此舉一兩首送別詩為例。例如古典詞中，李白的〈送友人〉

　　青山橫北郭，白水遶東城。此地一為別，孤蓬萬里征，
浮雲遊子意，落日故人情。揮手自茲去，蕭蕭斑馬鳴。

　　這首詩，僅供吟誦，無法歌唱，同樣的是送別，李叔同
（弘一大師）有一首〈送別〉，如今會唱的人不少，歌詞是：

　　長亭外，古道邊，
　　芳草碧連天。
　　晚風拂柳笛聲殘，
　　夕陽山外山。
　　天之涯，地之角，
　　知交半零落。
　　濁酒一杯盡餘歡，
　　今宵別夢寒。

　　弘一大師的〈送別〉曲，類似新的歌詞，具有長短句形式
的結構，也有押韻，如果我們所寫的新詩，注意格律和用韻，
自然也跟唐詩、宋詞一樣，在當時就能傳唱，因此，新詩要具
有音樂性，才能合乎新詩韻味濃。

　　其次，新詩應合乎章法結構，也就是新詩要具有建築性。
古人的古典詩講求「起、承、轉、合」的結構，而且要首尾圓
合，也就是開端和結束要互應。白居易提倡寫詩，要仿效《詩
經》的作法，尤其結束的幾句，要扣題，又要有佳句來結束一

首詩，他更提倡新題樂府，從「緣事而發，感於哀樂」，到新樂府的「文章合為時而著，歌詩合為事而作」，詩歌因應時事，又有章法可尋，使詩歌便成有機體，有一定的結構可尋，如同一棟房屋，有它的結構性，有它的藍圖，有一定的脈絡。

其次，不論新詩或古典詩，都要做到「情景交融」。這是詩歌特色之重要處，詩的體材，脫離不了以景托情，表面寫景，其實弦外之音，含有不盡的情意。尤其情意是詩歌的主要內容，用比、興來烘托主幹。傳統詩的內容是風、雅、頌，但其作法卻是賦、比、興，當然詩要求有創意，求新求變，無論形式和內容，都是與時俱進，才不會一成不變。

從二○○九年的《花開並蒂》以來，我們邀約會寫古典詩，又會寫新詩的詩人，稱之為「並蒂」，所以《花開並蒂》，是一本結集的詩集，自此以來，每年共同結合出一本「並蒂」系列的詩集；如今，《並蒂詩教》已是第七本，即《花開並蒂》、《並蒂詩花》、《並蒂詩情》、《並蒂詩風》、《並蒂詩香》、《並蒂詩林》。今年的稱為《並蒂詩教》。《並蒂詩教》在詩論上，特別強調新詩的作法，並提出新詩的作法，要合乎詩歌的章法結構，需要有建築性；其次要求詩與散文的區別，要有音樂性，即詩是韻律的作品，不是散文的分行寫；其次要有意在言外，需要有絃外之音，才能表達詩歌的比、興藝術美學。詩歌是一門很容易被人接受的文學，然而，也是一門值得深研的詩學。

這次我們邀約了徐世澤、張夢機、邱燮友、許清雲、黃坤

堯、徐國能等六位詩人，其中張夢機已過世，但他的七言律詩一百五十首，是他在世時，所精選的律詩，名為《文山律髓》，尤其珍貴。其他各家，各有特色，反映時代的尖端，生活的寫實，甚至亦有觸及第四度空間的作品。並蒂系列的詩集得以出版，全在徐世澤醫生詩人出資贊助，在希望愛好詩學的朋友，在閱讀之餘，給與不吝的指教，使詩歌的道路，更為寬廣，更為康莊。

目次

作者出席《文訊》重陽敬老餐會

江蘇東台（興化）人，一九二九年三月十三日生。國防醫學院醫學士、公共衛生學碩士，曾赴美、澳、紐等國考察研究，十四度代表出席世界詩人大會，足跡遍布六十四國。旅遊挪威北部時，親見「午夜太陽」。曾任醫院主任、秘書、副院長、院長，雜誌總編輯等。作品散見各報章雜誌，並列入世界詩人選集，出版中英對照《養生吟》詩集、《詩的五重奏》、《擁抱地球》（正字版、簡字版）、《翡翠詩帖》、《思邈詩草》、《新潮文伯》、《並蒂詩帖》、《健遊詠懷》（正字版、簡字版）、《新詩韻味濃》、《平水詩韻簡編及杜詩鏡銓》（合編）、《花開並蒂》（合著）、《並蒂詩花》（合著）、《並蒂詩風》（合著）、《並蒂詩情》（合著）、《並蒂詩香》、《新詩韻味濃》增訂本、《並蒂詩林》，及本書《並蒂詩教》等。

曾獲教育部詩教獎。現任中國詩人文化會副會長、中華詩學研究會理事、中國詩歌藝術學會理事、台灣瀛社詩學會常務監事、《乾坤詩刊》社創辦人之一，兼任副社長等。

‧ 詩　論 ‧

‧ 新　詩 ‧

‧ 古　典　詩 ‧

古典詩與現代詩比翼雙飛

徐世澤

前言

目前，全球會寫詩的華人所寫的詩體，不外乎兩種：一是古典詩（舊體詩），二是現代詩（自由詩、新詩）。筆者於一九九七年，出任《乾坤詩刊》社副社長，從事兩種詩體的寫作。二〇〇七年，國際知名詩人林煥彰兄接辦《乾坤詩刊》，對我的兩種詩很感興趣，時賜教益，曾有兩年為我開闢專欄「現代詩與古典詩對話」，引起現代詩人的閱覽。至今年止，我從事兩種詩體的寫作，已逾十九年。八年前，有《花開並蒂》出書的念頭，而今與邱燮友教授、許清雲教授等，連續出《並蒂詩花》、《並蒂詩風》、《並蒂詩情》、《並蒂詩香》、《並蒂詩林》等。最近正編印《並蒂詩教》中。

近體詩五美俱全

古典詩中的近體詩（格律詩），是以漢字為載體，漢字是世界上獨一無二，以單音、四聲、獨立，方塊為特徵的文字。漢字把字形與字義，文字與圖畫、語言與音樂等絕妙的集合在一起，這是其他國家以拼音文字所無法比擬的。近體詩給人以形式整齊美、音韻節奏美、比喻對仗美，含蓄韻味美和吟誦易

記美的五美俱全。尤其是押韻，具有音樂性，不可歌，而可吟。如句式長短的規定，篇幅寬狹的限制。句式結構的成型，都是與吟唱有關的。它所用的意象、比喻、象徵、想像力，不比現代詩差。由此看來，是不可廢，絕不會被廢，也是目前現代詩不能取代的。

古典與現代並存

我的詩觀，可說是中庸派。認為古典詩存在兩千年，應有其價值。今日的創新，也就是明日的傳統。現代詩是詩歌流變的必然趨勢。若干年後，今天的現代又會成為日後的古典。凡一代有一代的文學，正如宋詞、元曲、明小說、清聯一樣。（或說明聯、清劇）。而古典詩一直存在，當然七言絕句、律詩還會有人寫，可以導入創新、繼承而能創造，乃是舊瓶裝新酒。當亦應與其他詩體並存，各展其所長。只要寫到情真、意新、格高、形美、味濃，經過三、五十年讀起來，仍有其啟發性，就是好詩。

近體詩學寫有規格

近體詩形式甚美，但畢竟規則嚴格，相對的是比較難作，但難作不等於不能作，更不等於不能普及。對於任何詩人來說，近體詩都不是生而會作，都會有個不合「正常規格」的階

段，到合乎「正常規格」的過程。對這個成長過程，應當持包容的態度。初學寫詩者可以由易到難，從七絕或新古體詩入手，先做到「篇有定句（四句）」、「句有定字（七字）」、「韻有定位（順口韻押在第二句末及第四句末）」，這樣相對容易一些。使愛好古典詩的人知道節奏分明，合節拍的音韻，會使詩讀起來悅耳動聽，像天籟一樣自然清新。在此基礎上，其中必有一部分人興趣濃厚，力求步入正軌，願再在「平仄」上下功夫，逐步掌握「正常規格」的要求。如此便可在普及基礎上提高，而繁榮近體詩。我之所以不厭其煩的講出這個推廣詩教辦法，乃是肯定漢字不滅，近體詩就不會亡，永遠會和現代新體詩「比翼雙飛」，共存共榮。七十歲以上老人能讓手部、眼睛與大腦協調，活躍老化，寫些應景詩和酬唱詩，與詩友們歡聚，更可以延年益壽。

新詩有改進空間

現代詩（自由詩）的知名詩人，所發表的鉅著，大多已有想像空間的語言美，古典旋律與現代節奏的融合美，已能選擇暗示性強的象徵和隱喻，並帶有抒情性。目前尚未找到一條大家認為可行的主要形式和規範，使初學者有所適從。現在的現代詩，是以美學透過那抽象的具象，著重意象、象徵、比喻、聯想、想像力，勾勒出一種動人心弦的意境和情調，雖然分行分節大體整齊，具有藝術性，大多詩人卻未重視音韻節奏，無

法琅琅上口，令人難以記憶。只能說它在形式上，重視對稱和句群為節奏單位，帶有韻味。有機會和宋詞元曲一樣。

先作好幾種固定的範式，再經過多人接受、喜愛、試寫，成為眾多詩人學習模仿的對象，才能定型，才能成為二十一世紀的新創詩體。如此，教學生習作也較容易，老師和評審委員也可依此規範而評分。

有機會寫兩種詩體

一九九七年起，我即在《乾坤詩刊》上，每期都寫現代詩和古典詩發表。當時我寫的現代詩不成體統，編輯們就為我修飾，勉強刊出。接著由潘皓教授、麥穗先生推介加入「三月詩會」，漸漸地知道重視「營造意象」，「適切比喻」、「強化象徵」、「有趣的聯想」、「想像力豐富」和「詩的語言」了。同時，我也參加「春人詩社」，得方子丹、鄧璧、江沛三位詞宗對古典詩的指導。二○○五年一月瀛社詩學會理事長林正三兄，特別推薦我向詩學大師張夢機教授請益，張教授俯允為拙詩推敲刪改，並正式授課，學了五年半，印行《健遊詠懷》一冊。古典詩也寫得接近成熟了。二○○七年曾在《乾坤詩刊》上，寫「現代詩與古典詩對話」專欄兩年。我寫兩種詩體已稍有名氣了。

近兩年寫韻味詩

　　二〇一三年大詩人林煥彰，要我另闢蹊徑。試寫「韻味詩」，表明自己的寫作風格已形成。二〇一五年六月印行《新詩韻味濃》一冊，與古典詩《健遊詠懷》，成了「比翼雙飛」。韻味詩形式上有來自宋詞的架構，但已脫離平仄聲及合韻的韁索，而押韻有點像京劇、越劇、崑曲的唱詞。在句型構造的形式上，韻味體詩暫分四式，簡稱「韻味體詩四分法」：（一）整齊式（類似七言絕句如〈想飛〉、〈瀑布〉和〈電鍋〉等。）（二）參差對稱式（類似詞的上下闋〔節〕如〈模特兒〉、〈白衣天使〉和〈空巢老伴〉等。）（三）複合式（①式＋②式，第一節與第二節字行不同的①式或②式如〈落櫻之後〉和〈蝴蝶〉等。（四）參差式（四行詩中無一對稱，或有兩行對稱如〈夜店途中〉和〈假日天母廣場〉等。前三形式是新詩改進的目標。而參差式必須押順口韻。已改除散文式的詩句，加強句群的音韻節奏，便於推廣學習，更便於記憶。詩句是捕捉日常身邊極平常的事物和景象，以韻味手法，表現了景象的特質及我的感受。捕捉物項的真善美具象，透過聯想與象徵，關懷人間息息相關的相互依存，相互為用，自覺或不自覺的牽連表現出來的萬象變化。而開啟形式與唐詩、宋詞、元曲、明聯、清劇接軌，承先啟後，藉以宏揚中華詩學。

結論

　　總之，韻味配合簡短淺顯的文字，增強了記憶，也是一種新的嘗試。主要目的是推廣詩教，可供大、中生初學作詩參考。韻味有如茶香，餘味不絕，供人再三咀嚼。我在八年前，曾出版一冊《健遊詠懷》古典詩，去年六月再出版一冊《新詩韻味濃》，二者比翼雙飛。在我的餘年，能經常讀到具有境界高遠、意象鮮明、情辭真切、比喻巧妙、韻味悅耳，以及分行分節吸睛等，我就滿意了。至於拙詩能否推廣傳世，有更多的大、中生及青年學樣寫作，而加以改進、分行分節更整齊美觀，讓讀者有更多的視覺和聽覺享受，我將無法親見。詩也是一種美學沉澱，提升人類的精神面貌，灌注了生命的熱情，經得起時間的考驗。拙詩如能僥倖成為新詩體，那是我百年以後的事了，留給中文系所教授，文學博士們再努力創新吧！

2016 年 12 月 10 日

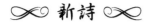 新詩

瀑布

垂帘飛瀑映碧空
傾瀉洪流勢洶湧
懸崖峭壁如銀幕
水湍石濺霧千重

酷似新娘護面紗
裙拖潔白欠花童
激浪盡濕遊人眾
頃刻頓覺雨濛濛

說鏡子

似玉如冰鍍銀汞
眼前萬物在其中
朝朝相見理儀容
欲展春心真善美

花容月貌坦心胸

甘為淑女畫淡眉
微笑對臉傳緋紅
壯士早看頭似雪
不願成為白頭翁
染髮復見樂融融

螺絲釘

位置雖微，站穩立場
專業深鑽，意志堅強
平凡崗位作非凡企業
相親互愛，合作擴張

鐵軌延伸，憑我結合
車輪旋轉，仗我良方
奉獻無私，埋頭苦幹
接受調配，共創輝煌

公務員甘當螺絲精神
無論機器振動多激盪

我從來不鬆懈不乏力
堅守崗位，心緒正常

傘

迎暴雨，頂炎陽
能屈能伸質地堅
日晒雨淋誠辛苦
數根鐵骨自撐天
黃橙赤綠紫藍青
薄翼濃裝亦怡然

常伴玉人觀盛景
環遊世界獻真情
到了北歐人嫌我
那裏陽光最友善
台灣女客用錯地方
害得我比手杖還賤

註：北歐六月，盛行日光浴，臺灣女客竟然打洋傘遮日，芬蘭地
　　陪當即糾正。女客只好改作手杖用。我 1997 年即時作此詩。

新春遊北海岸

碧海闊　青山高
藍天萬里　白浪滔滔
紫花嬌艷　紅日照耀
黑犬沿堤走　綠車減速跑
黃色招牌吃薯條
全家同遊樂逍遙

自註：此詩仿照元人馬致遠所寫的「枯藤荒草孤鴉……。斷腸人
　　　在天涯」格式。我於 2016 年 2 月 9 日（農曆年初二）在北
　　　海岸親眼所見的實景，覺得勝過吃千元餐還快樂。

空巢老伴

老伴兒　最可靠
甘苦共嘗　又善於烹調
外在風韻未減少
親密尊重　內在更美好

常嘔氣　少爭吵
不聲不響　火氣自然消
表示關心就算了
大事化小　相忍為空巢

要外出　一齊跑
戶外散步　市場買菜餚
有時用手扶著腰
深怕老伴　走快會跌倒

不貪多　少煩惱
何時病痛　誰也難預料
從早到晚家務勞
共同生活　健康就是寶

⁴⁄₄　空巢老伴

金筑　編曲

徐世澤　詞

6·1　6 5　6 5　3 ｜3　2 3　1 6 1 2　3 ｜6·1　6 5　3 5 ｜

老　伴兒最可靠，　甘苦共　　嚐，又善　於　烹

常　嘔氣少爭吵，　不聲不　　響，火氣　自　然

要　外出一齊跑，　戶外散　　步，市場　買　菜

不　貪多少煩惱，　何時病　　痛，誰也　難　預

6　5 6　3 2 3 5　2 ｜2　5 6 5　3 2 3 ｜5　3 5　3 2　1 ｜

調，外在 風韻未減少，　親　密　尊　重，內在更美好，

消，表示 關心就算了，　大　事　化　小，相忍為空巢，

餚，有時 用手扶著腰，　深　怕　老　伴，走快會跌倒，

料，從早 到晚家務勞，　共　同　生　活，健康就是寶，

7 6　5 3　5 6　1 ｜1 — ‖

內　在　更美　好。

相　忍　為空　巢。

走　快　會跌　倒。

健　康　就是　寶。

失憶姑母

姑母記憶中斷
無法知道所想
她不記得昨日今日
連帶諸多痛苦也忘

若遇到姑母情緒低落
家人便帶她上街逛逛
用街景改善她的注意
安撫效果適當又舒暢

蛙鳴

我是地球村民
世居沼澤池塘
不論有無知音
興來嘓嘓高唱

有人為了實驗
押我解剖臺上

開膛破肚左看右看
完全無視我的悲傷

有人將工業廢水
污染我住的地方
戕害了我的子子孫孫
未來人類恐難再聆賞

蝴蝶

斑斕壯麗七彩衣
件件嬌嬈頻弄翅
逗香逐色傳花粉
翩翩花間舞新姿

舞罷花叢添異彩
粉翼輕飄有所依
蝶戀花、花戀蝶
瀟洒翻翅如遊戲

紛紛粉蝶，點點羅衣
魂斷莊周夢情迷

電影越劇演梁祝
雙蝶升空，情意綿綿

午後榮總荷池所見

垂柳映斜陽
倒影隨風輕盪
午後散步荷花池
二十四樓縮影雄壯

九曲橋上家屬來往
外傭推輪椅觀賞
多人情緒低落
重病滿哀傷

古典詩

暮年晚餐

暮年枯等夕陽殘，歡樂氣氛惟晚餐。
老伴精心調美味，親聆子女報平安。

晨景

家住高樓盆景陳，臨窗小鳥代司晨。
貓咪趕至通情意，輕喚老夫忙起身。
註：小鳥愛盆花而來，貓咪需要餵朝食。

問月

此事何從問月光，嫦娥離席往何方？
霓虹狂奪清輝美，商隱教余愛夕陽。

羅恩湖夜遊（挪威）

一葉扁舟兩隻鷗，三人垂釣渡船頭。

雪峰十座環湖繞，璀璨陽光伴夜遊。（1997）

註：1997 年 6 月 19 日夜十時，在挪威羅恩（Loen）湖畔夜遊所
作，是時陽光仍在。

莫斯科紅場（俄）

聖地紅場今變相，列寧陵寢展時裝。

宮牆附近名牌店，馬克思前廣告張。（1997）

註：莫斯科紅場在克里姆林宮東側，原是聖地，供遊客謁列寧陵
寢。目前已變成商場。馬克思像前對面大做資本主義色彩之
廣告。

熊布朗皇宮（奧地利）

奧皇喜愛中華物，名畫旁陳景德瓷。

更有餐廳升降桌，重金禮聘漢廚師。（1995）

註：皇宮內設有「中國餐室」及「中國畫室」各一間，分別在鏡
　　廳兩旁，2000年重遊時，其陳設略有變動。

威尼斯水都（義）

船行出巷起歌聲，拆地掀天險象生。

風動樓斜危欲墜，惡潮洶湧噬都城。（1995）

威尼斯泛舟（義）

一片汪洋百島浮，水都賞景泛輕舟。

歌聲悅耳和聲雜，笑傲人生樂此遊。（1995）

夜遊倫敦（英）

朝乘銀翼破長空，夕至倫敦燈影紅。

帝國光環今褪色，皇宮冷落月明中。（1995）

北極看極光（加）

繁星點點耀隆冬，午夜寒光展極容。

白馬市郊山頂上，悠悠綠帶幻游龍。（2001）

註：白馬市隸屬加拿大育空地區，冬季午夜看極光。

瘦西湖蓮花橋（揚州）

垂楊蘸水翠堤遙，湖面風來舟影搖。

白塔迎人添秀色，小紅低唱過蓮橋。（2003）

北關龜山島（宜蘭）

萬頃波濤往復回，北關覽勝有亭台。

東看碧綠懸孤島，直似神龜出水來。（2006）

愛情長跑

難捨難分十八年，如痴如夢有姻緣。
合心合意齊牽手，相契相知笑語連。（1987）

長壽

人言長壽是鴻福？長壽老人偏覺孤。
照顧起居防跌倒，一人長壽兩人扶。（1989）

風濕病人

兩腿微酸半欲扶，不堪雨喚與風呼。
轉陰氣象何須報，電話搖來問老夫。（1989）

詩心

步行遲緩髮蒼蒼，展讀閒吟覓句忙。

惟有詩心長不老，至今仍似少年郎。（2002）

劫後紐約（美東）

紐約名城永不忘，那知世貿竟遭殃。

行車過市須安檢，祈福人群進教堂。（2001）

名犬

守夜看家勝衛兵，上街跟緊主人行。

豪門一入增身價，哪管游民罵畜生。

智慧手機

欲覓親朋無定蹤，臉書視訊若相逢。
五洲對話如隣桌，握入掌中意更濃。

落齒

隱痛常於未食前，搖搖欲墜又留連。
一朝別汝應垂淚，甘苦同嘗數十年。

秋瑾像（杭州）

巾幗英雄不後人，為民為國竟忘身。
手持寶劍孤山伴，不讓鬚眉貌似神。（2006）

遊酆都未遂

一生羈旅逐萍流，吟遍乾坤五大洲。
惟有鬼城行不得，最堪遊處未曾遊。（2005）

恭賀姜必寧教授米壽

西湖十景好風光，系出名門族姓姜。
兩蔣御醫功顯赫，歷年診室績輝煌。
基金獎厚成樑棟，伉儷情深似海洋。
研究論文多濟世，嵩齡領導激情揚。

第二部分

張夢機教授的〈立說〉
與《文山律髓》

徐世澤 編

張夢機 簡介

作者六十九歲玉照

張夢機教授（1941-2010），一九四一年生。祖籍湖南永綏，生於四川成都，長於台灣高雄。台灣師範大學國文研究所畢業，獲國家文學博士。曾任中央大學中文系主任、中文研究所所長、中國古典文學研究會理事長。自幼耽於吟詠，歷久不輟。於二十六歲在台北市聯吟大會中掄元。一九七九年以《師橘堂詩》獲中興文藝獎章，同年又以《西鄉詩稿》獲中山文藝獎。一九九一年因高血壓腦幹溢血而中風，幾死，廢足，終日坐輪椅。幸心智未失，移家新店玫瑰城，易所居「師橘堂」為「藥樓」。從此似坐牢十九年。竟能專一沉潛於詩學領域中，創作更為豐富。當代譽為「建宗立幟」之大詩家，以及「詩學泰斗」等。本書是張教授於二〇〇五年至二〇一〇年所寫之詩，此期間是徐世澤拜師學詩，作為教材的一部分，今特整理印行。二〇一〇年八月十二日，以心臟衰竭辭世，享年七十歲。

　　著作有：《詞律探源》、《詩學論叢》、《近體詩發

凡》、《師橘堂詩》、《西鄉詩稿》、《鷗波詩話》、《鯤天
吟稿》、《藥樓近詩》、《夢機詩選》、《夢機 60 以後
詩》、《文山律髓》等二十餘種。

張夢機教授五十歲時留影

編者徐世澤八十六歲時彩照

張夢機教授立說

（一）詩有五意

（1）曲意（訪友：清王仔園）

亂烏棲定月三更，樓上銀燈一點明。
記得到門還不叩，花陰稍聽讀書聲。

這樣才有詩意。要含蓄才有韻味。如果一到門就敲，只進來喝茶聊天，那就太直了。

（2）深意（初食筍呈座中：唐李商隱）

嫩籜香苞初出林，於陵論價重如金。（於讀烏）
皇都陸海應無數，忍剪凌雲一寸心。

詩意很深，詩要避俗，尤要避熟，剝去數層才著筆。此詩意責怪，怎麼忍心剪掉凌雲參天的竹子前身。而摧殘民族幼苗。

（3）複意（謁神仙：唐李商隱）

從來繫日乏長繩，水去雲回恨不勝。
欲就麻姑買滄海，一杯春露冷如冰。

你想向人借兩萬元，他只肯借你兩百元。
此表示希望甚大，而所得甚微。另：近試上張籍水部（唐朱慶餘）之「畫眉深淺入時無？」亦是複意。

（4）反意（赤壁：唐杜牧）

折戟沉沙鐵未銷，自將磨洗認前朝。
東風不與周郎便，銅雀春深鎖二喬。

翻案詩有好有壞，見解要夠，史書要讀得多。第三、第四句要連貫，才有意思。

（5）新意（遇艷遭拍：民國徐世澤）

婉約溫柔眸放電，盈盈一把更銷魂。
凡夫俗子無緣識，顯貴偷腥狗仔跟。

只要做得好的，都叫做新意。道前人所未道，為後人所佩
服，就是新意。

（二）詩有六起

（1）明起（下江陵：唐李白）

朝辭白帝彩雲間，千里江陵一日還。
兩岸猿聲啼不住，輕舟已過萬重山。

開門見山，首二句就表明詩意。

（2）暗起（詠石灰：明于謙）

千錘萬擊出深山，烈火焚燒若等閒。
碎骨粉身終不顧，只留清白在人間。

不提詩題。

（3）陪起（聞樂天左遷江州司馬：唐元稹）

殘燈無燄影幢幢，此夕聞君謫九江。
垂死病中驚坐起，暗風吹雨入寒窗。

第一句是蓄勢，燈影模糊下聽到被貶。第三句驚坐起，力量很大。陪前三句的情，第四句一定要以景作收。

（4）反起（宴七里香花下作：清范咸）

> 唐昌玉蕊無消息，后土瓊花再見難。
> 宜閣猶餘春桂影，婆娑長得月中看。

從反面引出本題。

（5）引起（宜蘭龜山島：民國徐世澤）

> 萬頃波濤往復回，北關覽勝有亭台。
> 東看碧綠懸孤島，直似神龜出水來。

由眼中所見景物，以引出正意。

（6）興起（北海岸望鄉：民國徐世澤）

> 裂岸驚濤撲面來，浪花萬朵水中開。
> 遙知天上一規月，應照家鄉黃海隈。

乃是由心中所感懷之事物，或觀景而生出感興，以引出題意。

（三）七絕句十三種作法

（1）起承轉合法

起句要高遠、扣題、突兀。承句要穩健、連貫自然。轉句要不著力，新穎巧妙。結句要不著跡，含蓄，深邃。如王昌齡之〈閨怨〉：

閨中少婦不知秋（起），春日凝妝上翠樓（承）。
忽見陌頭楊柳色（轉），悔教夫婿覓封侯（合）。

（2）先景（先事）後議法

前兩句或三句寫景或事實，後兩句或一句寫議論。觸景生情，就事生議。如：

萬頃波濤往復回，北關覽勝有亭台。
東看碧綠懸孤島，直似神龜出水來。

後一句含意深遠，耐人思索。

（3）先議後景（後事）法

另出新意，使議論不抽象，不枯澀。如杜牧之〈題烏江

亭〉：

　　勝敗兵家事不期，包羞忍辱是男兒。
　　江東子弟多才俊，捲土東來未可知。

（4）作意置於前二句法

　　前二句題旨已說盡，後二句回頭敘述千里路程中的景色及
　　舟行之速。如李白之〈下江陵〉：

　　朝辭白帝彩雲間，千里江陵一日還。
　　兩岸猿聲啼不住，輕舟已過萬重山。

（5）作意置於結句法

　　如李商隱之〈賈生〉：

　　宣室求賢訪逐臣，賈生才調更無倫。
　　可憐夜半虛前席，不問蒼生問鬼神。

　　結句言漢文帝不關心百姓，只關心鬼神。

（6）第二句既承又轉法

如竇鞏之〈南遊感興〉：

傷心欲問前朝事，惟見江流去不回。
日暮東風春草綠，鷓鴣飛上越王台。

首句是起，第二句既承又轉。三、四句一氣直下，以顯出
作意。

（7）末句寓情於景法

前兩句敘事或寫景，第三句寫人的心理活動與心理狀態，
其第四句卻以景作結。如元稹之〈聞樂天左遷江州司
馬〉：

殘燈無焰影幢幢，此夕聞君謫九江。
垂死病中驚坐起，暗風吹雨入寒窗。

第三句驚字是心理狀態，第四句以景結情，留給讀者去領
悟，去想像。

（8）末句轉而帶結法

　　如李白的〈越中覽古〉：

　　越王勾踐破吳歸，義士還家盡錦衣。
　　宮女如花滿春殿，只今惟有鷓鴣飛。

　　前三句一意順承而下，末句陡轉而結。

（9）倒敘突出重點法

　　如張繼之〈楓橋夜泊〉：

　　月落烏啼霜滿天，江楓漁火對愁眠。
　　姑蘇城外寒山寺，夜半鐘聲到客船。

　　結句「夜半鐘聲」照次序，是在對愁眠的第二位，最後才
　　是「月落烏啼」。因寒山寺增加了楓橋的詩意美，使全詩
　　的神韻得到完美的表現，具有無形的動人力量。

（10）對比法

　　能突出事物的本質特徵，增強鮮明性和表現力。今昔對

比，常用「憶昔」、「去歲」、「別時」等開頭，第三句常用「如今」、「今日」、「而今」等。如王播之〈題木蘭院〉：

三十年前此院遊，木蘭花發院新修。
如今再到經行處，樹木無花僧白頭。

（11）承對合用法

前兩句對仗，後兩句承接，也可前兩句承接，後兩句對仗。如李益之〈夜上受降城聞笛〉：

迴樂峰前沙似雪，受降城外月如霜。
不知何處吹蘆管，一夜征人盡望鄉。

（12）並列對合法

四柱式的對仗，分別寫四個事物或一事的四面，成為一種天然畫面。如杜甫之〈絕句〉：

兩個黃鸝鳴翠柳，一行白鷺上青天。
窗含西嶺千秋雪，門泊東吳萬里船。

（13）就題作結法

如韓偓之〈已涼〉：

碧闌干外繡簾垂，猩色屏風畫折枝。
八尺龍鬚方錦褥，已涼天氣未寒時。

此詩通首佈景，不露情思，而情愈深遠。
以結句呼應題意，是謂之就題作結。

　　說明：七絕共二十八字，每字都有一定的位置，都要發揮
特別的作用，語近而情遠。七絕句的作法多種多樣，怎麼寫都
可以。但要靈活運用，才不致遇到一題目，無從著筆。平時要
多讀詩，多寫詩，多揣摩詩，靈感來時，緣思措辭，充分發揮
自己的思想感情。保證寫詩的人，不會患失智症，多能延年益
壽。

附錄：習作七絕的方法

徐世澤

前言

我於一九九五年退休後，即想拜師學寫詩。最初是方子丹教授，接著張鐵民教授，二〇〇四年復拜張夢機教授於藥廬，直到二〇一〇年夏始止。其間有林正三理事長為我修改拙作，我可算是一個終身在學詩中。

因我是醫師出身，平時所觸及的多為醫療行政和英文書，很少閱讀文藝刊物。五十五歲時我當了醫院雜誌總編輯，對詩才有一點興趣。

一九九八年，追隨方子丹教授，是調平仄聲階段，他要我熟讀《唐詩三百首》和勤翻《詩韻集成》（附索引），隨時可找出某字是平聲或仄聲。四個月下來，便可寫四句順口的七言詩。兩年時間可勉強湊四句。學了六年，他為我所寫的《思邈詩草》作序。接著求教張鐵民教授，我只想習作七言絕句，他便熱心地指導，並給我一本講義，我很容易學會了一些規格。到了二〇〇四年十月，蒙張夢機教授約見，林正三理事長專車載我前往。夢機師願收我為徒。因他必須坐輪椅，左手不能動，右手寫字時歪歪斜斜地很吃力，多以口述為主。我每個月到新店藥廬一次。學了五年半，他為我審訂《思邈詩草》，另行出版一本《健遊詠懷》，並惠賜序言。我每次上課都用心聆

聽。筆記了許多寫詩的規則和範例。我把他所教的尊稱為「名家立說」。因上三位教授均已先後作古，今特將其所教的整理出來，分述如下：

一、習作初步

（一）造句讀詩

我是每星期二下午三時至五時，往方子丹教授住宅上課，他先教我熟讀《唐詩三百首》中的七言絕句，模仿前人的詩句，寫兩句順口的句子。方教授當場審閱，並指正。

（二）調平仄聲

漢字有四聲，即「平上去入」。在詩內只有「平仄」兩聲，把上去入同列為仄聲。有一首詩曰：「平聲平道莫低昂，上聲高呼猛烈強，去聲分明哀遠墜，入聲短促急收藏。」原來，平聲就是一個平平的長音，上聲是往上用力頂，較有勁道的聲調，去聲是須朗暢念去，入聲有往下墜落的感覺。簡單的說，平聲是平平的，仄聲是不平的；一個跑上去，一個掉下來，一個急收藏，都不平。統統喚作仄聲。現行之國語（普通話）中有「平混入」，約有百餘字，畢竟不多。本來近體詩中，就有「平仄」兩字的字，如教教、勝勝、燕燕等。只要規定用「平混入」字的人，避免放在第二字或第四字，不要把它作為平聲押韻，這就與近體詩相似了。

在寫七言詩時稍加留意，翻閱《詩韻集成》（附索引），

便可確定是平聲或仄聲，凡字在 121 頁以下的均為仄聲。方子丹教授教我調平仄聲，要我勤翻《詩韻集成》，四個月下來，便可寫四句順口的七言詩。

（三）練習作詩

半年後，我仍然是每星期二下午上課，方教授先作一首詩傳給我看，就依他的題目或自由擬題寫四句，當天交卷。下星期二來時，他就改好發還，並解釋為何改這幾個字。通常修改多是用字不妥或不雅。很少一句全換寫的。算起來，一年至少寫五十首，六年下來，便成一書《思邈詩草》。

二、七言絕句規格

（一）七言絕句

七言絕句（簡稱七絕），即以七個字為一句，計四句為一首。共二十八個字：第一句是起句，第二句是承句，第三句是轉句，第四句是合。按「起、承、轉、合」的意旨，在一首絕句中，以第三句最為重要，因轉句是一首絕句中的靈魂。並有其一定的規則與格式。現分別舉例於後：

平起式與仄起式，以首句第二個字為準。如首句第二個字是平聲，即是平起式，如首句第二個字是仄聲，即是仄起式。

平起式首句押韻

平平仄仄仄平平，仄仄平平仄仄平。

仄仄平平平仄仄，平平仄仄仄平平。

（註：下列各詩中的平聲字，是用「—」的標示。仄聲字是用「｜」的標示。）

偽藥

奸—人—售｜藥｜沒｜心—肝—，
仿｜冒｜明—知—治｜病｜難—。
掛｜上｜羊—頭—銷—狗｜肉｜，
胡—言—野｜草｜是｜仙—丹—。

仄起式首句押韻

仄仄平平仄仄平，平平仄仄仄平平。
平平仄仄平平仄，仄仄平平仄仄平。

農民怨

酷｜暑｜嚴—寒—怕｜地｜荒—，
防—颱—避｜雨｜下｜田—忙—。
秋—收—賣｜得｜錢—多—少｜，
不｜若｜歌—星—去｜趕｜場—。

平起式首句不押韻

平平仄仄平平仄，仄仄平平仄仄平。
仄仄平平平仄仄，平平仄仄仄平平。

午夜太陽（挪威）
斜—陽—不丨落丨重—溟—外丨，
登—上丨地丨球—最丨北丨端—。
永丨晝丨天—光—書—可丨讀丨，
孤—高—岬丨角丨濕丨風—寒—。

仄起式首句不押韻

仄仄平平平仄仄，平平仄仄仄平平。
平平仄仄平平仄，仄仄平平仄仄平。

莫斯科紅場（俄）
聖丨地丨紅—場—今—變丨相丨，
列丨寧—陵—寢丨展丨時—裝—。
宮—牆—附丨近丨名—牌—店丨，
馬丨克丨思—前—廣丨告丨張—。

　　對以上所舉範例，皆屬正常。惟每句第一個字，用平聲字或用仄聲字，用仄聲字或用平聲字，皆不論外，但每句第三個字亦可不論；其餘當用平聲字，即用平聲字，絕不可用仄聲字，當用仄聲字，即用仄聲字，絕不可用平聲字。因此七言絕句規格中的每句第「五」個字的平仄聲，即必須遵守用平仄聲的規則。

（二）三連仄

三連仄即七言絕句中，於每一上句的第五、六、七字，不可連用三個仄聲字。例如：「仄仄平平仄仄仄」，擬作「舞｜影｜琴—聲—富｜幻｜化｜」，擬改「舞｜影｜琴—聲—多—幻｜化｜」，才合規格。所以此三連仄，為詩人所禁用。但目前較不嚴限，可用。

（三）三連平

三連平即七言絕句中，於每一下句的第五、六、七字，不可連用三個平聲字。例如：「平平仄仄平平平」，擬作「濃—裝—不｜避｜人—來—看—」，擬改「濃—裝—不｜避｜客｜來—看—」，即合規格。所以此三連平，為詩人所必須禁用。

（四）拗救法

拗救法為近體詩的變格，即七言絕句中的第三句，於必要時，可將第五、六字的平仄聲對調而補救。例如：「仄仄平平仄平仄」，擬作「囚—禁｜八｜年—河—隔｜看｜」，此句平仄聲無誤，但「河隔看」似有點拗，擬改「囚—禁｜八｜年—隔｜河—看｜」而救之，似較順妥。所以此拗救法，為詩人所活用。

（五）孤平

孤平即凡七言仄起押韻的詩句中，除所押韻腳平聲不算外，其句中只有第四個字是平聲，其餘皆是仄聲字，即稱孤

平。應在該詩句中第五個字用平聲，才算符合拗救法。例如：「仄仄仄平仄仄平」，擬作「竟｜是｜土｜樓一莫｜漫｜誇一」，此七言詩句末的「誇」字是韻腳，雖是平聲不算。其中只有第四個字「樓」字是平聲，其餘皆是仄聲字，擬改「竟｜是｜土｜樓一休一漫｜誇一」。一句中有樓、休兩個平聲字，即不算孤平了。但目前較不嚴限，凡七言詩句仄起的第二句、第四句，其第一個字是平聲，與第四個字是平聲，即不算孤平。如此放寬限制，當有利於詩的推廣。

（六）押韻

押韻即作詩用韻，凡句末所押的韻，稱為韻腳。例如：七言絕句的第一句末押韻，第二句末必須以同韻字押韻，第三句末不須押韻，第四句末亦須以同韻字押韻。此是構成詩美的主要成分，具有音樂美，易於背誦和歌唱，琅琅上口，易於記憶。

（七）體韻

體韻是指詩的體裁和詩所押的韻腳。因作詩必先出詩的題目，在題目之下，必須寫著「七絕」。如此七絕（即七言絕句）即詩的體裁，簡稱為體。接著必須寫出限押那一個韻腳，簡稱為韻。此在題目之下，所限體韻的規格，作詩者必須遵循。體韻不拘，即是由作詩者自行決定體裁和韻腳。不限韻即是，由作詩者自行決定韻腳而已。

（八）孤雁入群與孤雁出群

（A）孤雁入群格——是首句借用鄰近韻部的字作為韻腳。

（B）孤雁出群格——乃最後一句借用鄰近韻部的字作為韻
　　　腳。

　　前者像一隻孤單的白雁，帶著一群黑雁振翅高飛，如第一
句用二冬韻，而第二句與第四句用一東韻。後者像一隻白孤雁
飛出了黑雁群。如第一句與第二句用七陽韻，而第四句用三江
韻。

三、七絕句型調配法（43 種）

（一）平起式首句押韻

（1）第一句句型

　　　a. ——｜｜｜—— 葡萄美酒夜光杯。

　　　b. ｜——｜｜—— 一枝紅艷露凝香。

　　　c. ———｜｜—— 秦時明月漢時關。

　　　d. ｜—｜｜｜—— 近寒食雨草萋萋。

（2）第二句句型

　　　a. ｜｜——｜｜— 欲飲琵琶馬上催。

　　　b. —｜——｜｜— 崔九堂前幾度聞。

　　　c. ｜｜———｜— 萬里長征人未還。

　　　d. —｜｜—｜｜— 登上地球最北端。

e. ｜｜｜－－｜－ 傑佛遜前瞻昔賢。

（３）第三句句型

    a. ｜｜｜－－－｜｜ 醉臥沙場君莫笑。

    b. －｜｜｜－－｜｜ 商女不知亡國恨。

    c. ｜｜｜｜－－｜｜ 借問漢宮誰得似。

    d. ｜｜－－｜－｜ 正是江南好風景。

    e. －｜－－｜－｜ 妝罷低聲問夫婿。

    f. －｜｜－｜－｜ 囚禁八年隔河看。

（４）第四句句型

    a. －－｜｜｜－－ 輕舟已過萬重山。

    b. ｜－－｜｜－－ 古來征戰幾人回。

    c. －－－－｜｜－－ 鷓鴣飛上越王台。

此與平起式首句押韻之第一句句型相同。

惟所寫字意有別，第四句不一定能用為第一句。

（二）仄起式首句押韻

（１）第一句句型

    a. ｜｜－－｜｜－ 少小離家老大回。

    b. ｜｜－－－－｜－ 月落烏啼霜滿天。

c. ─｜──｜｜─ 寒雨連江夜入吳。

d. ─｜───｜─ 金碧輝煌金殿高。

此與平起式首句押韻第二句句型相同。

（2）第二句句型

a. ──｜｜｜── 平明送客楚山孤。

b. ───｜｜── 鄉音無改鬢毛衰。

c. ｜──｜｜── 每逢佳節倍思親。

d. ｜─｜｜｜── 一行白鷺上青天。

此與平起式首句押韻之第一句與第四句句型相同，惟所寫字意有別，不要隨便套用。

（3）第三句句型

a. ──｜｜──｜ 無情最是台城柳。

b. ｜──｜──｜ 洛陽親友如相問。

c. ───｜｜─｜ 兒童相見不相識。

d. ───｜──｜ 窗含西嶺千秋雪。

e. ──｜｜｜─｜ 孤帆遠影碧空盡。

f. ｜─｜｜──｜ 玉顏不及寒鴉色。

g. ｜──｜｜─｜ 水牛斑馬共同體。

此與平起式首句不押韻之首句句型相同，但不一定能用為第一句。

（4）第四句句型

　　　　a. ｜｜－－｜｜－ 一片冰心在玉壺。
　　　　b. ｜｜｜－－｜－ 笑問客從何處來。
　　　　c. ｜｜－－－｜－ 樹木無花僧白頭。
　　　　d. －｜－－｜｜－ 門泊東吳萬里船。

　　此與仄起式首句押韻之第一句句型相同，並與平起式首句押韻之第二句相同，惟所用字意有別，不一定能用為第一句或第二句。

（三）平起式首句不押韻

（1）第一句句型

　　　　a. －－｜｜－－｜ 岐王宅裡尋常見。
　　　　b. ｜－｜｜－－｜ 洞房昨夜停紅燭。
　　　　c. －－－｜－－｜ 玄宗回馬楊妃死。

　　此與仄起式首句押韻之第三句句型相同，第二句、三句、四句均與平起式首句押韻之第二、三、四句型相同。如第四句之「落花時節又逢君」，即與平起式首句押韻之第四「古來征戰幾人回」句型相同。

（四）仄起式首句不押韻

（1）第一句句型

　　　a. ｜｜－－－｜｜ 兩個黃鸝鳴翠柳。

　　　b. －｜－－－｜｜ 迴樂峰前沙似雪。

　　　c. ｜｜｜－－｜｜ 獨在異鄉為異客。

　　此與平起式首句押韻的第三句句型相同，可靈活運用。

（2）第二句句型

　　此與平起式首句押韻之第一句及仄起式首句押韻之第二句句型相同。如第二句之「受降城外月如霜」，即與仄起式首句押韻之第二句「每逢佳節倍思親」句型相同。

　　第三句、第四句句型與仄起式首句押韻之第三句、第四句句型相同，恕不再述。

說明：

　　1. 為便於初學作詩者練習，特編此句型調配法。

　　2. 初學作詩者；須知七言絕句只有四種基本格式，每一格式只有四句，且絕句有一、三不論的習慣法則，只要能辨別平仄，就能解決「聲」的問題，至於「韻」第一句入韻的七絕，只須三個押韻的字，第一句不入韻的七絕，只須兩個押韻的字，亦極易解決。

　　3. 全詩僅二十八字，我從此著手寫詩，初是以消遣為主，只想寫出自己的胸懷和情操，而以延長壽命為目的，持續對生

命的熱情，沒有妄想成為名家。

　　4. 七絕句型約有四十三種調配法，都合乎規定，只有平起式的第三句句型，第五、六兩字，有平仄聲對調的拗救法，第四句的第三字或第五字，最好有一個是平聲，稍加注意即可。

（本文為紀念方子丹、張鐵民、張夢機三位教授而寫。並感謝鄧璧、江沛、林正三等三位詞宗悉心指導。）

參考資料

1. 《唐詩三百首》　三民書局
2. 《詩韻集成》（附筆劃索引）　三民書局
3. 許清雲編《古典詩韻易檢》　三民書局
4. 張鐵民編著《中國詩學講義》　青峰出版社　1995
5. 林正三編著《台灣古典詩學》　文史哲出版社　2007
6. 張夢機口述資料：徐世澤筆記　2005~2009 年

文山律髓

文山律髓選（黃坤堯教授提供）
詩百一十三首
張夢機教授著

游洋詩樓落成次恭祖韻賦賀〈六章〉

控野詩樓擁玉梯，瑣窗畫棟與山齊。作書疑對紅絲硯，
分詠渾如碧樹雞。卷雨簾收曉飛燕，燭天燈媚夜明犀。
觴流九鯉湖波裡，柳縮殘春浪拍隄。

圖書四部比南金，持向湖巖晝夜吟。披卷萬流歸大海，
濡毫疾雨掃晴岑。征衫乍接春雲氣，高詠能通真宰心。
修禊聯吟增一闋，蘭亭雅集話而今。

高誼真堪白璧酬，數層拔地此吟樓。人來霜髮三千丈，
詩勝塵心一百籌。僧寺尋春蘇軾句，鯉湖泛月范蠡舟。
仙谿賡詠喧天下，放眼龍山小似丘。

地饒魚米是詩鄉，飛舞樓臺氣自揚。上巳共吟南海日，
重陽期醉北鯤觴。賡酬句和三春暖，瀹茗風傳一峽香。

古鎮廣輪花木秀，鶯銜日影任回翔。

飄逸同如李謫仙，巖花湖柳各清妍。扶筇自具挑春力，
披卷重翻伐木篇。又聽高吟雄戍鼓，且憑流水入絲絃。
樓臺此日祥煙外，占斷游洋一角天。

募款鳩工最可模，從來詩運賴匡扶。花光但使能窺座，
韻律真教若貫珠。隔海人歸助鄉里，當軒香馥出茶鑪。
大樓豐敞仙谿在，黃髮青衿共一呼。

傅公委員招飲即呈

燈影搖紅渡水來，廣筵學博共新醅。虛心比似風前竹，
傲骨渾如雪後梅。但使歌呼下鮭菜，不知屋舍涴塵埃。
諧談鯨吸忘賓主，豪飲會當三百杯。

偶感

寂如清廟對空櫺，游目快收天地青。重嶺隨雲似奔馬，
長河流月入滄溟。自嗟孤緒依揚宅，豈有浮名壓孟亭。
師隔幽明遠回首，侯芭猶是守殘經。

逭暑

火雲屬日恐難禁，樓外風微不滿林。鳩喙空知呼少婦，
荷錢但欲買濃陰。身當詩案冰先飲，意與潭波鱉共沉。
郤熱於今無上藥，惟教淵默護孤心。

蝸廬

客裡光陰一睨過，上都消息近如何。能賡高詠身非贅，
只聽疏蟬髮已皤。教戰從知蘇軾少，見賢真感冉求多。
久耽磨墨看顏帖，自愛臨池不換鵝。

秋襟

天氣微涼雁不過，蝸居岑寂似山阿。孤燈影壁泛紅暈，
幽幔卷秋生翠波。靜裡聞猶檢書卷，夜來渴欲飲星河。
庭邊蛩與樓心月，惹得離人涕淚多。

雨後

新涼萬里斂塵氛，已黙霏微又夕曛。搜句無才弔湘水，
悼亡有淚哭秦雲。泥深車轍喧呼去，葉重禽聲上下聞。
誰料閒居猶負謗，歸歟真欲臥煙熅。

聞子讀書

紛紛暮靄上燈初，又隔芸窗聽讀書。人海所須惟積學，
士林最忌是浮譽。何嘗將相皆秦種，莫視功名若魯璵。
淺陋自嗟為世棄，不如一枕夢華胥。

偶感

霜威拂袂曉寒增，心定渾如打坐僧。風引流雲憐白近，
窗含眾壑訝青登。每從硯潤先知雨，莫向榴紅浪語冰。
嶽嶽諤言干貴戚，中朝誰是郅都鷹。

遣懷

盤臆前塵溯往年，海椰葉大短籬邊。夢迴鐘鼓浮雲寺，
情黯江山倦羽天。落莫千秋歸茗椀，沉冥一世入吟箋。
漸知樸拙爭春媚，老大枯籐為我妍。

寄懷子良高雄

昨夜郊坰冷掩扉，雄州橫舍夢魂歸。身殊慙矣心初倦，
人尚依然景已非。南天波浪晴搖海，北地風霜早授衣。
此去黃塵三百里，微軀恨不逐雲飛。

昔游

經天越海果何為，禹甸川原許再窺。滬瀆潮音催旅舶，
桂林山色藹秋眉。已看兵馬秦陵俑，未拓行真孟廟碑。
回首六朝金粉地，至今殘破不勝悲。

憶昨

憶昨鯤南茗尚澆，繁燈照夢鬧秋宵。十年橫舍添新構，
三頃晴湖臥曲橋。海氣涼侵壽山月，詩聲遙答愛河潮。
前塵歷歷腸堪斷，愁對風霜髮已彫。

月夜

圓蟾恰似水晶盤，對影成三夜已闌。事往多情餘舊夢，
詩焚何計得真歡。黃花低裊娟娟露，翠幔高收惻惻寒。
莫訝冥濛丘壑小，休燈我作岱宗看。

二疊前韻寄幸福弟

盆栽花氣接杯盤，暗蜇啼愁夜向闌。搜句簾前聊破寂，
披書燈下偶成歡。力衰難運陶公甓，歲晚誰憐范叔寒。
此去碧潭不三里，一篷煙月水漫漫。

重九感賦

滿頭未插菊花黃，近俗逢辰惱舊狂。誰是能詩鮑孤雁，
我非攜酒鄭重陽。山高豈必災堪避，客久應嗟計已荒。
落帽題糕都不預，一杯釀茗自評量。

午寐初起作

高枕酣然午寐清，北窗臥起雨初晴。雙青眼裡玄禽近，
萬綠叢中白髮明。漫以賡詩銷永晝，慣從寂境過殘生。
忍聞此日餘惆悵，滿抱牢愁不得傾。

冬夜偶書

障塵街樹已棲禽，坐眺難安落寞心。山壓萬燈樓不動，
寒侵雙袂夜初深。群書零楮攻文史，北斗南箕証古今。
偶向艱危感時序，三年彈指一沉吟。

庋書

庋書滿架散微馨，新茗遙思顧渚青。何處曼聲飛晚笛，
彌天寒氣撼疏星。赤眉漸欲移嘉祚，青史真堪緬故型。
燈下沉吟賡詠罷，安閒惟有夜橫經。

客至

飛禽日日到紅樓，過訪何期更少留。事往且教歸一笑，
雲閒端欲換千愁。漫開書卷窮幽賞，乍話湘天抵臥遊。
清暇不嫌郊道遠，還來讀畫共茶甌。

讀杜次稼雲先生韻

杜詩已壓建安音，卷帙多為沉鬱吟。欲拾窮愁千載夢，
更思忠愛一生心。風騷雅得江山助，飢凍誰憐歲月深。
不厭披書百回讀，何慚流水聽鳴琴。

追憶夏日作

擁翠林邱笑獨眠，蟬聲叫破午時天。泉甘購作烹茶水，
荷小留為買雨錢。自向楸枰習棋譜，偶從宴樂念冰筵。
寒暄互羨何時已，坐眺朱廊綠幙邊。

樓居漫興

落寞清閒過暖冬，欲窺莊老奈多慵。來詩渾似書香永，
舊誼真同藥氣濃。戰引硝煙迷選罷，調高羽字想衣容。
故人只隔寒雲外，望斷林邱第幾重。

藥樓次戎庵韻

藥樓權作庾公樓，釣渭他年許直鉤。力弱未令詩興減，
愁多剛被雨絲留。平生喜識郭朱輩，少日自交溫李流。
借問襄陽皮襲美，歲寒尚憶魯望不？

統禹先生寄書及詩次韻奉答

自嗟膝弱不堪行，忽奉吟牋倦睫明。多恐餘生尚藜杖，
能陪清月只茶鐺。鯤天共寫流離夢，湘水今流嗚咽聲。
記得涪翁舊詩句，此心吾與白鷗盟。

夜歸

襲袂寒流入夜增，懸天老月照丘陵。久拋文案三千牘，
又見山樓十萬燈。河嶽九州徒在夢，窮通一念澹於僧。
車過橋上孤城近，認得軒窗薄霧凝。

奉贈龍冠軍將軍

杏林喜晤老將軍，往事叢殘約略聞。飲馬大河曾戍月，
沉烽危嶺舊眠雲。病懷尚抱澄清志，詞筆猶工錦繡文。
試檢神方憐小聚，任渠塵夢亂紛紛。

題牡丹月曆

怪底牡丹生壁上，枝枝葉葉湧芳華。輕紅雪白無雙貌，
魏紫姚黃第一花。不向名園矜絕色，翻從殘臘泛春霞。
畫圖十幀陪孤寂，默顧渾忘歲月賒。

六疊韻寄勉蓀先生

庋架書多未算窮，忍閒真感萬緣空。日晴椰指重天碧，
歲暮花爭一品紅。賡句猶欣接王履，譯經不是欠房融。
郊城且待春如海，寒舍相期習角弓。

即事一首

凡庸換得是清閒，和適真同遇赦還。永晝惟看山默默，
孤吟自答雨潺潺。果蔬價漲知寒害，朋舊情疏怨性頑。
子固詩文難抗手，崔嵬秀壁莫相攀。

奉答鴻烈見贈

憶昔東墩﹝註﹞共酒觴，槿籬瓦舍暖冬陽。捷才能使山傾倒，
離抱真教竹感傷。香海廿年扶雅道，炎州千里掛奚囊。
我猶單子憐冥寂，彌覺尊詩引興長。

冬曉初醒

群喙呼晴曙色開，樓居指顧近山限。窗延樹影為寒勒，
枕納風聲待夢回。紅媚南橫楓萬片，白生東海浪千堆。
蒼波危嶺歸幽想，清景都違引此哀。

伏嘉老有秋興詩亦賦一篇

頑軀敢謂棟梁姿，又及金風玉露時。臨帖難工子昂字，
連章細讀少陵詩。欲招夕靄來衣袂，那管鳴禽勸酒巵。
清冷閒居甘守黑，群山向晚上燈遲。

感懷次白翎先生韻

習詩三紀尚難成，客久真教夢亦驚。少日所欽唯子建，
微軀滿望似初平。飛鳶一墮功名事，流水重聽故舊情。
書帙邱山非俗物，晨昏相伴度餘生。

關西震災

東瀛地坼火為災，神阪驚魂痛此哀。赤血經冬沾瓦石，
黎元歷劫委塵埃。城荒乍訝樓多圮，雨惡旋知病作媒。
傳語雲嘉且珍重，莫令彈指碎瓊瑰。

乙亥元日聞眺作

桃符著戶雀喧枝，爆竹翻空入望遲。芳荂紅猶搖雨氣，
矮叢綠尚接山陂。慣從幽境冷搜句，欲引浮嵐低壓眉。
鶴化荊妻過五載，只餘雲嶺似當時。

松柏貽書招游奉寄

溪山安穩忍伶俜，鍵戶深居對檻櫺。盡日椰風歸落拓，
十行手沤泛溫馨。宸書詞拙銷浮采，玉器光韜等古經。
為我故宮謝空翠，三年不出似拘囹。

春雨

雲來畫晦雨綿綿，山色空濛起薄煙。野火自難燒嶺竹，
春流漸覺浸江天。一簾浮動生清氣，十日橫斜鼓小絃。
坐眺回思年少事，引愁吹淚到吟邊。

野望

淑氣晴光草色勻，停車坐愛郭前春。四青林壑妨歸夢，
一碧潭波浣夕塵。遊屐尚難隨謝客，遇仙枉是羨劉晨。
竹叢瓦舍平田繞，便欲移家與鷺鄰。

乾隆坊與伯兄茗飲

午食杯盤共解衿，釀茶都倩小鬢斟。臨街塵漲車聲過，
向壁光凝燈影深。君昔從戎今致仕，我猶養拙尚偷吟。
安聞莫更論時事，積憤牢愁恐不勝。

玫瑰城即事

初陽樓舍歛微塵，眾綠沿庭漸已勻。南國驚回千里夢，
東君早賜一城春。幾時佛日消三障，何處琴音濫四鄰。
莫笑此身成落索，書香山翠漫相親。

春霧

繁花擢秀自流丹，霧裡林邱欲辨難。漠漠一遮渾是練，
茫茫四溢莫非紈。征衫偏覺春寒早，客眼留看滄海乾。
斜倚疏櫺對朝爽，樓台已隱白紗寬。

感春

孤臆坐收千里春，平生從不拜車塵。釀茶消食來滇境，
滄海乘桴自滬濱。幕上終難巢旅燕，轍中誰欲活枯鱗。
壯心已斂書香在，柳帖蘇詩是所親。

過碧潭

碧潭橫截網溪開，雲外猶多翠嶂陪。幾縷茶煙臨岸起，
一弓橋影壓波來。舊朋已與浮漚散，往事都歸逝水哀。
小楫輕舟引殘夢，當膺百感忽崔嵬。

回思

回思舊夢易勞神，髮已蕭疏跡亦陳。陌上花開歸尚緩，
棋邊柯爛信非真。怕歌水調難終曲，但對梨渦便是春。
殘夜捫心餘自調，都將萬感託孤呻。

餞春

眾綠淹街影薄帷，一杯清茗坐望時。啼簧乍訝禽初換，
覆徑俄看草怒滋。棲紙生涯疑是畫，還都消息欲占龜。
閉門略似陳無己，琢句芸窗自寫詩。

贈昌偉丈

炎州歲月換華顛，點染溪山落素牋。拜手千儒追北海，
濡毫六法異南田。群書插架多藏古，高誼論心許忘年。
何日微軀添健翅，翩翩飛去墮公前。

樓望

重樓悄悄小庭深，蟬嘒高枝夏景侵。不斷炎風吹袖底，
偶來驟雨失牆陰。萬牛難挽披書念，一世惟存抱璞心。
壓檻茶香銷晝永，喧啾夕樹見歸禽。

藥樓飲集

林邱橫互似龍蟠，登戶分青到碟盤。樓舍偶邀高履過，
網溪姑作大河看。梁園客好猶堪及，杜酒杯深且共歡。
倘許青郊歸轍晚，賡吟留待夕陽殘。

入市道中作

車行官道漲塵氛，叢竹飛青日欲焚。夢去四圍皆嶺樹，
愁來一割是溪雲。樓形拔地參差起，人海生潮往復勤。
三載蟄居偶然出，稍從游衍廣知聞。

記灕江

憶昔灕江溽暑經，坐聽水鳥喚山靈。一船劃破千波碧，
眾岫堆成萬古青。高興已緣蟬叫起，宿酲漸被茗澆醒。
消閒半日登陽朔，連隴猶聞晚稻馨。

謝師宴邀往不赴

四年無復共杯觴，養拙山隈夕靄蒼。讀史欲添書卷氣，
垂簾不放藥爐香。怕從高會沾清酎，真感微軀媿上庠。
當宴縱然多語笑，安閒未抵臥吟床。

記頤和園

踉蹌兩至北京城，林苑湖樓認晚清。十頃晴波飛鷺影，
一園叢樹衍蟬聲。長廊才惜春歸去，游舫驚看石鑿成。
莫道慈禧邪侈事，興亡付與夕陽明。

汪師雨盦七十壽詩

高吟早過謝宣城，跌宕昭彰水樣清。已覺令譽甲流輩，
從來橫舍著修名。披襟偶效陶潛醉，濡墨真防火蒂驚。
坐臥郊坰艱作頌，侯芭徒此舉盃觥。

盛暑感賦

養生僻地買樓居，一舸歸湘計已疏。多恐卵殘巢覆后，
亦知甲老蟲生初。湧來醫說風前浪，揮去人才壟上鋤。
午枕槐安清夢裡，追涼誰復感浮虛。

陰雨積悶偶成

晝晦兼旬已不任，新來盤臆客愁深。頑雲壓嶺疑崩石，
細雨飄帷欲濕襟。三楚恐無回轉日，九州徒有臥游心。
何當林表虹收盡，一抹斜陽散積陰。

蒲月

釀茶角黍莫相親，長夏閒居易倦人。溽暑渾如心在甑，
亢陽欲使海生塵。待涼午簟風全歇，催老衰顏蟬尚呻。
倘假愚公移壑手，借來嶽麓好棲身。

檢篋見舊照有感

偶從影像溯前游，還向衣衫辨葛裘。曾慕九重一鴻鵠，
今過五十四春秋。他生願作賡吟客，此日猶為待赦囚。
勾起神州山水憶，疏蟬淒梗叫清愁。

雜成

避地光陰信手揮，溪山依舊意全非。日行南陸聞蟬唱，
車近東窗見鷺飛。白晝賡吟銷茗釅，青蛾入夢到今稀。
生涯瓠落耽閒久，默聽歸禽話夕暉。

李飛先生遙贈大著賦此報謝

煙濤一峽界神州，高誼多欣尚託郵。擬共吟哦追語笑，
休從鱗羽問沉浮。歸心不覺三湘遠，瑤札還須百璧酬。
四載多慚負初諾，惟將俚句報曹劉。

端居賦興

樓居落莫似叢林，徒有陶公運甓心。書帙娛人翻野史，
瓶花媚我要清吟。看山已覺雲煙熟，攬鏡俄驚歲月深。
占樹鳴蜩尚多事，叫殘午夢雨初沉。

送信發邦雄之大陸

搏扶計定向神州，歷井捫參作壯遊。客裡難為千里別，
雨前勾起十分愁。搜羅畫幅通今古，出處儒林遠怨尤。
憐我於今須益友，杭湖雖好莫淹留。

乾隆坊茶話

粵東粥點沃幽衷，重喜親朋謦欬通。澆舌三杯陸茶碧，
浣衫一市庾塵紅。心魂已覺歡娛甚，語笑真教鄙吝空。
略似赭衣枯坐久，偶然遇赦興無窮。

京滬記遊

踏遍神州履跡深，昔游京滬伴詩心。後湖日落荷香送，
歇浦潮來舶影侵。再到石城餘舊夢，一過港埠慰幽襟。
山容海色收囊底，灑向華筵助醉吟。

榮富弟夜過

夕檻微暄暑氣蒸，四周抹漆夜崚嶒。論詩口訥艱成句，
啜茗杯深易貯燈。僻地無端驚邂逅，長途漸已罷飛騰。
繡圖一幅憑君看，試問金針得未曾。

山行

輕雷車是下山忙，官道縈紆夕樹旁。燈亂乍疑星在地，
月明莫訝夏生霜。偶因獲赦心初放，真感虞吟興更長。
猶恐餘生為棄物，縱游未必計全荒。

次子暑訓甫歸作

卸卻戎裝換布衣，一襟猶帶陣雲歸。別來軍務如叢蕨，
語罷山營已夕暉。坐惜炎方兵不戰，重尋往事意多違。
纏綿料得今宵夢，定向東墩嶺上飛。

文華郊墅

連雲華屋枕青岑，篁竹猗猗翠蔓深。一壑長風生夕籟，
千林驟雨掃清陰。孟鄰相望多賢者，姜被同眠有惠心。
亦擬從君沽大麴，晴窗煙戶滌塵襟。

題東坡海南畫像

堂堂儒效總無慚，攀慕千秋合祀龕。儋耳惟看天杳杳，
杭州猶記柳毿毿。高文跌宕存忠愛，浮世艱危付笑談。
飄蕩一生家萬里，那堪隔海望江南。

次韻秋金漫詠

扶頰無力戀明時，坐對晴窗發詠思。歸去浮雲棲在壑，
飛來啼鳥勸傾巵。流離豈少江淹恨，蕭瑟猶多宋玉悲。
四載閒居遲勿藥，滄溟輸與弄潮兒。

雨夜偶檢塵篋見文擢丈辛酉舊作遂次其韻

彌天絲雨助蕭條，一榻秋茶翠幾銷。燈下規摹少陵句，
胸中澎湃子胥潮。且從舊作尋殘夢，莫向寒潭問短橈。
猶記歌臺十年事，餘音繚繞夜連朝。

和龔稼老新秋即事

感事寧分衰盛端，且將洪憲等量觀。中堂何畏北歐遠，
飛彈不嫌東海寬。漸覺黃花落汙瀆，徐看白日下重巒。
波雲譎詭雖千變，賸有孤心尚似丹。

感秋

樹青茶碧盡詩材，獨坐吟望日幾回。一道垂虹收雨去，
半簾涼螫送秋來。深知席散情難聚，不待途窮哭已哀。
蝸角相爭隨處有，默聽群蟻鬨床限。

郊居偶感

深居地僻遠塵氛，莫逆朋來酒半醺。射屋猶青路邊樹，
覆山全黑社前雲。秋收早定分畦計，水稼偏多逐瀆蚊。
除卻生徒相請業，忍聞惟是賦詩勤。

望月憶內

禁錮重樓四過秋，悼亡潘岳引新愁。夜雲斷處思何永，
明月圓時恨未休。紅淚偶於零夢見，遺函早付一箱收。
泉臺寂寞淒風冷，合對陰寒慎著裘。

遣懷次廖梅老韻

山疑萬馬撲眉來，叢菊當階半已開。寒舍何期踏高履，
知言猥許到微才。漸多楊墨如滋露，乍失關河似覆杯。
坐久憑窗眺秋翠，雨餘詩奪蟪蛛回。

午寐夢回作

行吟京滬臥杭州，形勝東南入枕收。幽鳥啼殘千里夢，
浮雲釀作一天秋。慣從蕭寂望斜照，已是蒼涼失俊游。
鵷鷺休言廟堂滿，料應矰繳到沙鷗。

晨起

天氣微涼風正淒，車聲往復藥樓西。說殘曉夢鳥雙去，
催老流年雞一啼。書卷猶存甘落莫，頑軀多累要提攜。
邱山咫尺疑登戶，漠漠寒雲壓樹低。

贈廉教授永英

杜君[聯靖]儒道本當行，淵博譽公無盡藏。絳帳經書尊魯孔，
翠簾杯酒授蒙莊。傳家明德餘衰髮，治世長才隱上庠。
涴袂京塵紛滿眼，真堪游釣住江鄉。

閏八月

東溟導彈向修鮟，一閏增秋謠諑迷。葉落翻疑聽雨下，
蠅喧真覺惑禽啼。投來戎旅身如蟻，飆去燈衢命似雞。
聞說金融多亂象，徒令浮世滿塵泥。

乙亥閏中秋

厄閏黃楊八月秋，偶依帷幕聽清謳。乍來明月懸孤緒，
重掬圓輝引積愁。追往愈憐宵自寂，悼亡惟有淚相酬。
少陵莫恨鄜州遠，同在人間可遞郵。

耕莘醫院晚眺

樓望平收向晚鐘，秋潭一碧水溶溶。蜂房戶牖多新象，
鳥影山巒遠幾重。針藥終期除惡疾，親朋真感慰愁容。
幽居只隔弓橋外，若問歸情似墨濃。

冬曉長句

朔風應候曙光寒，昨夢游湖覺後歎。雨歇車聲喧曉枕，
雲消山色撲危欄。寒岡槁木期春活，涸轍窮魚待水歡。
長寂漸能泯美惡，都將榮辱一門看。

次答嘉有丈見示

夢回沽上莫重尋，眾鳥飛飛欲返林。合影忍看殘劫後，
親情遠比大河深。已知渴驥欣奔水，不負荒畦久待霖。
晚歲與其感哀樂，何如一甕帶香斟。

寄懷崑陽花蓮

故人才學比南金，傾蓋論交歲月深。背嶺一樓眺蒼海，
賡詩卅載始青衿。高情真覺能干日，獨寐從來不愧衾。
家隔雲山千里外，相知莫負弟昆心。

獨夜

蝸居久客誤年光，連日寒流坐欲僵。茗火難燃今夕雨，
瓶花不似昔時香。桑林曾宿應猶戀，蘭夢何存漸已荒。
早悟前程歸黯澹，強將歡笑換悲涼。

奉寄戎庵先生

天寒風柳拂清漪，猶是誇腰在海涯。且喜山巒窺曉枕，
欲招溪水貫晴厄。刀鋒曾就研磨利，竹影頻隨日漸移。
共記碧潭十年夢，裁箋互答往來詩。

冬夜三疊前韻

最憶故園松柏姿，淹留仍是在瀛涯。遙知域外喧戎鼓，
已向筵前止酒巵。有月翻憐心戚戚，無言略掩口期期。
光燈照夕通明甚，虛室生寒不礙窺。

感時長句四韻

徒令黑業留教住，遂使黃魂喚不回。沉溺人寰鴉雀鴰，
飛揚官道土塵灰。舞衣巧飾金為縷，酒肆爭誇玉作杯。
待障狂瀾慚一簣，坐愁天柱欲摧頹。

贈龔稼老

瘦勁渾如健鶻姿，久聞致仕臥雲涯。乍過鬢白添詩料，
漫卷峰青入酒巵。蓮幕風流存手泐，梅花孤絜見襟期。
少陵吟詠高千古，精蘊因公得盡窺。

答厚建歲闌自遣

蕭疏泠雨濕年光，久為羈孤斂舊狂。又聽鄰村撾鼓急，
欲收軼事補詩亡。得函細拾梅花夢，啜茗猶存舌本香。
涉水登山虛有願，多時腰腳羨君強。

定西人俊見過

雲回水去見華巔，二子相過近午天。排闥青山來座右，
浮杯黃酒點筵前。伯牙高誼琴鳴久，^{謂定西}張敞多情眉畫研。
^{謂人俊}一臥郊城驚歲晚，蓼蟲事業化成煙。

樓居

慚非和璧與隋珠，樓舍依街得定居。招客偶然耽博塞，
呼燈聊復近詩書。每邀孤月參新句，且剖雙魚下晚蔬。
西北無籬尚須補，欲栽篁竹待扶疏。

春興

不是夷齊亦食薇，風光撲面興無違。連朝山貌因雲秀，
一夜溪身得雨肥。真感陶潛詩跌宕，漸知李耳道深微。
剪春語燕多情甚，惟見銜泥兩兩飛。

愁緒

晝雲吹雨打軒窗，迸作傷心淚滿腔。廊廟誰誇才第一，
衣冠不見士無雙。楚秦武猛如雄兒，曹鄶空屬本小邦。
斑竹猶為海濤隔，恐難卜宅臥湘江。

洛夫張默昭旭見過<small>洛夫將移居加拿大</small>

故人來拂伯牙琴，遠道相過笑語深。信手梟盧歲才始，
開春鮭菜酒同斟。窮魚不負呴濡念，叔世猶存述作心。
他日移家隔滄海，莫忘舍下近青岑。

北新道中

夾道樓多過眼奔，細思塵事黯無言。語夸欲引民俱仰，
彈啞翻教世共喧。綺曲隨風傳鼓笛，輕車籤夢到湘沅。
碧潭橋上斜陽晚，一路尋春向浩園。

塵勞

已過燈節尚吟春，亂象紛紛易愴神。城郭行都車去壅，
風雲危峽彈來頻。半殘林岫應愁雨，一燦歌樓枉殉身。
耽寂真當遠塵網，閒居甘與壑為鄰。

南海演習有感

驚天炮火作雷鳴，機艦雙棲陣已成。旗捲汕頭兵氣動，
潮迴花嶼岸碉晴。移民多帶蒼皇色，飛彈頻傳恫喝聲。
謠諑莫令傷大選，先宜心上築長城。

玫瑰里讌集

六如畫幅掛簷端，翠岫嵐光落碟盤。鳥喚朋來帶春氣，
虹收雨去賸輕寒。登臨有累吾何敢，語笑無拘酒已闌。
哀亂聲中成小聚，容顏真合再三看。

讀漢山詩集作

寂寥樓舍意方哀，書史忽隨春雨來。瀏眄詩文青茗在，
摩挲楮墨白雲陪。駒光憐我迷千劫，龍性知公動九垓。
蓬島楓旌隔滄海，何當一飲共香醅。

易太白丈輓詩

修文飭武主詩盟，噩耗遲聞心尚驚。一憾有桑漸生海，
九幽無客共論兵。飭終每覺天方憒，銜感真教激欲傾。
此後軒廊送雲去，重披遺稿最關情。

坐眺

風鐺煮藥散清芬，無事經年坐眺勤。獨聽滂沱簾外雨，
貪看飄忽嶺頭雲。羈孤已忍揚雄宅，奧衍早慚韓愈文。
不是春光在鄰戶，為何蜂蝶過紛紛。

某詢近狀以詩答之

意慵心寂已年餘，插架書多養蠹魚。得句每於斟酌後，
傷懷總在別離初。茶來龍井空芬馥，雲去文山自展舒。
小市光陰一彈指，看過春鯉到冬蔬。

文華赴杭有詩猥及賤名因次其韻

陳鐸平生通曲律，從來不效捧心顰。喜論劉宋以前士，
雅慕楊隋而後人。君有裁雲縫霧手，我無玩水陟山身。
何當聯袂游杭去，靈隱寺深同禮神。

與稼翁質老茗話

幽禽林表喚高名，詩興徐隨薄靄生。古拙漫論肯堂句，
清狂偶及牧之情。沾唇茶馥三杯釀，庋架書多一壁橫。
自媿微吟當大雅，如聽濤外雨過聲。

安閒

漸變鳴禽換物華，安閒疑是在僧家。悠悠春讀樊川句，
裊裊煙分普洱茶。眼底人才異江左，樓前庭樹即天涯。
不知雨後杭州道，是否朝來還賣花。

和坤堯弟韻

絲雨無邊不動塵，飄簷惟是送愁頻。中年歲晚思鄉夢，
獨夜燈深弔影人。天暑昔曾過渭北，身屭枉欲到湘濱。
夷歌燕樂紛盈耳，感汝清吟答翠筠。

文山律髓終

己丑元日試筆

爆竹空翻春破碎，東生紫氣滿三臺。鴻鈞轉運執牛耳，
鯤海騰歡傾酒杯。曠野晴光明白髮，閒庭淑氣養青苔。
遠山近壑皆如畫，一併直奔詩卷來。

寄永武加國

當年莫逆友，今隔萬堆雲。曾問生疏字，還論奧衍文。
魂飛到楓旆，誼厚共櫻氛。（同登草山讀書）。往事重回
溯，雄州意可欣。

入郭

沿街穿鎮背嚴青，入郭花前衣袂馨。
雷聲車走過橋上，水裡游魚欲出聽。

品茶口占

當春閒坐對風鐺，普洱濃甘蒙頂香。
滇茗川茶烹次第，啜來七碗洗詩腸。

自遣

鎮日初陽到夕曛，拜經以外讀詩勤。
臨軒偶爾耽閒坐，一列缽花紅欲分。

孟春述事

重陰樓館雨瀟瀟，一抱煩憂借酒澆。京闕中宵鴉雀鴰，
宦場佞吏眼眉腰。風聲眾蟄分春色，茗氣平潭見索橋。
經貿乾坤當海嘯，元戎能否是唐堯。

山城上元

曼衍魚龍見未曾，山城火樹亦零丁。故人遠似天中月，爆
竹疏於曙後星。六合春風漸回暖，一庭花氣暗生馨。蜂炮
鹽水真堪賞，此夕螢屏飽視聽。

周代老惠詩次答

吟楮多慙謬寫君，早欽高詠吐氤氳。閒中愈覺讀詩樂，病
後漸忘披卷勤。偶共鷗朋論扴救，稍從螢幕廣知聞。平生
功祿俱拋卻，懶向榮途更策勳。

吉志仁弟過訪

遠自鯤南訪藥樓，論詩啜茗共寒流。蓬萊作手平章遍，眼銳能窺二百秋。

英傑先生寄示
「戊子新春展望」詩次答

睡起初陽光潑眼，東風樓館坐望時。春來全以景為畫，老去尚餘情是詩。才讀王維重九句，旋吟蘇軾上元詞。鼠年能否拓經貿，顧及賤民吾所期。

遲故人不至

耽聞候朋至，切琢欲詩工。幾換春茶碧，徐低夕照紅。

冷鋒

恐當禹甸雪融時，凜冽連朝日出遲。忽憶窮黎冷鋒裏，鶉衣鷇觫忍寒飢。

薰風

喋喋鳴蜩叫夢回，午天梅雨濕樓臺。薰風吹得山增翠，排闥飛來供剪裁。

山寺

薄晚鐘沉蝙蝠飛，房中寂謐一燈微。雲歸宿在禪廊外，留與山僧補衲衣。

端午

以劍為形蒲亦威，辟邪一束掛門扉。沉江屈子過千載，食粽蛟龍恐已肥。

鳳凰花

六月驪歌唱徹天，乍離黌宇髮猶玄。可知鳳樹花如火，風雨前程點不燃。

夜讀（七絕）

半部閒披讀墨經，不知樓外雨盈庭。書燈有味支宵坐，猶是兒時一點青。

賈誼

謫官三年為太傅，湘波弔屈意何悲。靈均猶有齊堪去，而漢君逢一統時。

論學

大儒精魄已難尋，箋註蟲魚誤至今。空向淺塘爭下餌，蒼溟誰有釣鼇心。

碧潭小陽春

碧潭十月小陽春，天暖橋懸遠市塵。煙水夕暉搖小楫，崖亭濃莽坐游人。於今樓館嗟非舊，在昔歡哀記尚新。此地蒼茫風物美，他年辟燹買為鄰。

病久

十七年來痼疾中，身謀家計兩無功。早知臺犢心猶蠢，自念黔驢技已窮。元亮桃源安可覓，季倫梓澤豈須通。餘齡甘願身為贅，不拜車塵不羨鴻。

夜讀

茶來普洱沏燈邊，披讀群書不畏寒。筆健句豪唐杜牧，質輕文小宋秦觀。學庸之理作禾店，莊老所言如藥欄。回溯當年上庠夜，三更刺股記辛酸。

二疊韻答祖蔭詩老

閒披書帙坐軒堂，燈粲何須鑿壁光。吳月鍾山勞遠夢，浙茶顧渚浣離腸。詩文牛溺賤歸土，品節菊花寒傲霜。吟域願供綿薄力，隨公同墾此榛荒。

莨月二十三日晤文華

詩卷各評分甲乙，披沙偶許揀金來。寒雲勒雨人初過，朔
氣侵籬菊尚開。同羨子高畫眉樂，早如鴻漸愛茶陪。多欣
邀食當亭午，無奈沉痾止酒杯。

碧潭晚眺次鴻烈韻

晚眺寒潭外，溪聲欲老誰。橋懸小檝過，亭險釀茶知。
景似唐寅畫，情如杜甫詩。頑痾十八載，煙水憶當時。

題世澤丈「健遊詠懷」二首

雙屐行過五大洲，捫參歷井作吟游。
天教一管生花筆，只寫奇聞不寫愁。

午夜炎陽北極光，盡收秘境付吟腔。
放翁霞客俱難及，踏破乾坤六四邦。

歲末

大寒推不去，臘月感年殘。短髮生霜雪，濃茶暖肺肝。
詩名濤外雨，藥餌鼎中丹。吾貌垂垂老，流光疾似湍。

鶴仁東晟義南敬萱諸弟過訪浩園

冬日剛回暖，諸君訪此園。小杯分釀茗，啼鳥答清言。
扣救寧無法，字辭須有根。騷壇今寂寞，應共卓吟旛。

餞歲

辭年甘不寐，爆竹偶喧鄰。射覆寒燈燦，圍爐絮語親。
聲稀詩未祭，力竭病休陳。鼠去金牛至，明朝待好春。

遲暮

默坐看山北牖前，臺陽日月換華顛。故人貌秀來心上，釅
茗杯香近袖邊。椒以味辛難入噱，葉為秋槁本由天。中年
傷別今遲暮，陶寫端須賴管絃。

贈文華教授

餘生憂患本尋常，觸緒何須更感傷。人道所交多直諒，吾
知其戇太癡狂。撐腸萬卷貧仍富，授業上庠閒亦忙。莫逆
已稀合珍重，孟秋天氣漸微涼。

安坑閒居

紅塵已厭聞牛李，早向林泉退掩關。微命真同雞狗賤，餘
生渾似鷺鷗閒。慣披經史陪秋寂，誤涉功名似石頑。去此
流溪不三里，暇時坐聽水潺湲。

疊本韻再寄伯元

莫逆客美洲，所念溟渤遠。隔歲菊又黃，不見尊駕返。此間亂紛紛，圖強恐已晚。橫流甘自沉，餘生足雙蹇。以詩慰沉痾，幸汝能互勉。何當整裝歸，相思苦如莽。

晚年之一

晚年寵辱兩皆忘，偶話裁章亦敢狂。耐寂而閒披子史，忘憂以樂要絲篁。身丁蒼海塵將起，世墮黃魂道已荒。奇崛詩風韓吏部，九天星斗納之旁。

足廢

足廢扶輪歲月新，荊山差似卞和身。神游大甲趨參佛，心往墾丁呼喊春。偶喚故人同博塞，早尊修竹是朋親。養生學道閒過日，額手青雲答謝頻。

夢斷

夢回少日後湖舲，乍被滂沱雨吵醒。往事淒迷餘一惘，那
堪今已髮如星。

蝸居

買樓飾華堂，斜陽掛庭木。座右鄰青山，十尋映花竹。所
欲聞禪鐘，清心拂塵服。沉痼棲於斯，早已棄榮祿。閒吟
溫季詩，亦取莊老讀。書帙列案前，一一爽雙目。石州慢
姜夔，晚晴賦杜牧。佳製得數篇，不屑珠萬斛。偶邀知己
過，經史飽滿腹。釀茗同芳甘，沙蟹慰煢獨。人去鳥聲
歡，暮色晦平陸。頑雲占遠岑，留伴夜孤宿。

彈指

吾家楚雲西，久作七鯤侶。眠食客在茲，五十九寒暑。浮海當耄年，今初為人祖。渭上驚逝川，歲月似過雨。坎坷晚命差，辛酸不忍語。

庭中見燕

燕尾剪春飛，依依絮語微。淹留將五紀，不敢問烏衣。

世澤丈過話

喧豗啼鳥午庭空，剝啄人來健鶴同。偶以高軒覓長吉，最於閒詠效龜蒙。言詩妙出酸鹹外，沏茗馥生杯椀中。沉痼累吾艱跬步，多公送暖到簾櫳。

九日

重陽抱病住山隈，耐寂生涯茗椀陪。不敢題糕才半爐，羞
看落帽髮全灰。推排節序當茱佩，斟酌詩文借菊醅。遺俗
登高悉如此，游辭例說避災回。

藥樓感秋作

書帙添香自沏茶，閒居養拙客瀛涯。驚秋葉落不聞雁，計
盡朋來同畫蛇。語詆所嗟傷道直，官貪其咎是心邪。一懷
愁緒何由遣，廊下端宜託看花。

一憾

五紀而還髮已灰，偏安歲月老蓬萊。吾為病累悲無極，葉
被秋催墜有哀。居久漸如牢獄坐，人孤端賴竹絲陪。胸藏
千卷知何用，苟活於今要藥材。

秋夜不寐悒悒成詩

夜涼天氣雨絲絲，重溯前塵悒悒時。中歲誨人傷旅泊，餘
生積疾感淒其。縱全微命難為用，待障頹波恐已遲。語默
休燈猶不寐，故交頗耐一夜思。

近狀書寄花蓮顏崑陽王文進

數奇李廣侯難覓，命舛卞和身已殘。詩拙固知才亦薄，心
平愈覺臆能寬。鴝昏雞曉但陪我，竹翠菊黃堪撲欄。去此
東疆百餘里，何當相與共杯盤。

過台北市之一

輕軫過橋遠背山，鳳城廣廈插塵寰。黎民闐絟猶邀讌，翠
袖嬋娟盡飾顏。沽酒廊喧人喔喔，沿街歌答雨潺潺。北鯤
都會繁華甚，燈火通明大道間。

捷運

馳憑雙軌往來頻，縮地御風為便民。一瞬能行三十里，雷車飛起大千塵。

朔風一首示維仁弟

朔風樓舍寒加襖，閒坐枯腸借茗澆。抱疾有哀雙足廢，及昏乍亮一燈遙。藏收翠靄詩初就，眊眊紅塵孰可銷。感汝品評多卓識，還聽三子試簫韶。君頃評「遼北三家詩」。

次韻壽旡藉先生八十五

高吟猶有魯望才，直幹寧愁猛雨摧。八秩五增新歲月，千詩重賞舊鎔裁。揮毫勁似湘斑竹，論品遙連浙釣台。遠隔龜山遲祝蝦，期公壽域萬尋開。

逝川

逝川不舍感年華，書帙詩香欲滿家。一抹寒霜潛入髮，十分愁緒託看花。乍傳宮徵聞啼鳥，新剖瓜柑配釅茶。幾處盆栽青奪目，廊沿留與襯紅霞。

久不晤崑陽卻寄

回溯青衿初識汝，卅年賡詠見情親。以詩結誼藏心久，於夜連床話雨頻。雋爽風儀元不酷，雅馴詞彙更為真。何因乍斂才人筆，懶向浮生寫屈伸。

偶成

命因沉痼負心期，眠食慁為俗所羈。耽毒三臺天欲墮，風濤一峽界何危。長繩繫日真能否，杅腹飼人元不宜。十六年前歌哭事，迷離無復記當時。

輓戎庵詩老

平生誼篤友兼師，豈意風催竹槁時。鶴駕乍歸才可惜，鳳城久亂死何悲。高懷吞月嵯峨骨，硬語盤空駿爽詩。泉下儘多賡詠客，不妨酬唱話流離。

不羨

高牆甲第吾寧羨，卻愛蘭成賦小園。足廢那堪心亦病，才傭難以道為言。極知形貌垂垂老，偶檢詩文惘惘燔。姓字恐登流寓傳，強披書卷了煩冤。

祖蔭世澤正三建華諸詩老過訪

從容高屐到斯堂，來共後廳燈吐光。諸老懷人言故事，一壺分茗暖迴腸。論交君子淡如水，扢雅髮絲俱有霜。詩苑如今草蕪穢，政須吾輩拓寒荒。

哭李中民

皎皎雄州月，獨為新店思。哀揮晦闡筆，寫祭后山詩。
插血存深誼，銜觴記昔時。堪憐化鶴地，遠眺一何悲。

有感

早忘功祿棄浮名，拋擲流光歲欲更。老去病心初一惘，愁
來詩詠但孤鳴。殄民世亂悲群厄，挾雨風寒乞晚晴。吾命
渾如瀛海上，片帆遠與彼蒼爭。

墨卿久疏手泐賦此訊之

訊斷南鯤札，詩收北縣霞。年光改吾貌，心緒念君家。
積日情彌篤，披書興共嘉。遙望欲有問，近狀尚佳耶？

作者近照

筆名童山，福建省龍巖縣人，生於一九三一年十二月十四日。一歲隨父母來台，定居花蓮港，七歲時正值一九三七年七七抗戰，舉家遷回龍巖，在家鄉完成小學、初中、高中的基礎教育。一九四九年再度來臺，次年進入臺灣省立師範學院（師大前身）國文系，一九五四年畢業，並參加預官訓練，以及在中學任教兩年，然後再考進國立臺灣師範大學國文研究所進修，一九五九年畢業，並留校任講師、副教授、教授。在教育界任教已逾半世紀，曾任臺師大夜間部副主任、僑生輔導主任委員、國文系所主任、所長；並出任玄奘大學主任秘書、宗教所所長；元智大學中語系主任、香港珠海學院客座教授。

退休後，仍任教於文化大學中研所、東吳大學中文系，為兼任教授。與周策縱、王潤華、徐世澤等六人出版古典詩和新詩集，名為《花開並蒂》。此後又陸續出版《並蒂詩花》、《並蒂詩風》。著有《童山詩集》、《天山明月集》、《童山

人文山水詩集》、《品詩吟詩》、《童山詩論卷》、《唐代民間歌謠》等著述。曾參與編撰復興書局《成語典》、文化大學《中文大辭典》、三民書局《學典》和《大辭典》等；並參與編撰《國學導讀》五大冊，其中〈中國文學史〉、〈樂府詩〉兩篇導讀為筆者所撰。以及早年參與教育部、國立編譯館所編撰的高中國文標準本教科書，南一書局高中國文教科書，三民書局高職國文教科書。

　　二〇〇五年，獲得中國詩歌藝術學會贈予詩歌藝術貢獻獎。歷年教學與著述不曾間歇，並將教學和著述視為終身志業。

·詩 論·

·新 詩·

·古 典 詩·

新詩創作的奧秘

邱燮友

一、前言

　　詩人是甚麼行業？落日山前的一盞燈，他是三十六種行業以外的一種特殊行業，不須營業執照，專賣語言文字，他無法單獨生存，只寄託在其他行業中，與它寄生共存。所以詩人是一種特殊的行業，有時寫實，有時靠想像，營造虛擬、虛幻的世界，像東晉陶淵明開創田園詩歌，有時也開創虛擬的桃源世界。

　　從清朝末葉開始，黃遵憲、于右任提倡詩界革命，詩歌押韻依口語叶韻，不必用詩韻集成，靠古典詩歌的韻目叶韻。新文藝運動以來，新詩採用白話寫詩，如朱自清所說的：「理想的白話文上口。」胡適之更主張：「文學的白話，白話的文學」。於是新詩的創作是非常的自由，不受任何拘束，開始所寫的詩，都是自由詩，沒有任何形式可言，只要散文的分行寫，就叫做新詩。

　　後來，有一批詩人，他們依照詩歌與散文的分野，漸漸規劃出這兩種文體的差別，主張新詩跟散文是有分別。如新月派徐志摩、朱湘、聞一多等，他們以四行為一段，尤其聞一多更提倡詩歌有建築性、繪畫性和音樂性，於是形成豆腐乾的新詩。至今四行一段的寫作方式，與西方詩體相同，也跟中國古

典詩的句法結構相同；其實人類使用語言文字，有共同的特色，那就是理路相同，有起承轉合的結構，是詩歌必須遵守的規則。

二、新詩發展的軌道

民國八年，胡適等倡導白話的新文藝運動，全國響應，而新詩也應運而生。小學、中學國文課本，也有新詩出現，如沈尹默的〈三絃〉，劉半農的〈一個小小農家的暮〉，以及〈教我如何不想她〉，徐志摩的〈再別康橋〉，也能傳誦一時。劉半農的兩首詩都有押韻，尤其〈教我如何不想她〉，本來是他留學英國時，詩中的她，指的是祖國，經趙元任譜上曲調之後，那個「她」，便成情歌，她是伊人，而且傳唱海內外，至今還有人在唱，其歌詞如下：

> 天上飄著些微雲，
> 地上吹著些微風。
> 啊！
> 微風吹動了我的頭髮，
> 教我如何不想她？
>
> 月亮戀愛著海洋，
> 海洋戀愛著月光。

啊！
這般蜜也似的銀夜，
教我如何不想她？

水面落花慢慢流，
水底魚兒慢慢游。
啊！
燕子你說些什麼話？
教我如何不想她？

枯樹在冷風裏搖，
野火在暮色中燒。
啊！
西天還有些兒殘霞，
教我如何不想她。

　　早年的新詩，要想傳誦後世，還是要有韻律，不是散文的分行寫，便是新詩。又如徐志摩的〈再別康橋〉：

　　輕輕的我走了，
　　　　正如我輕輕的來；
　　我輕輕的招手，
　　　　作別西天的雲彩。

那河畔的金柳，

　　是夕陽中的新娘；
波光裡的艷影，
在我的心頭蕩漾。

軟泥的青荇，

　　油油的水底招搖；
在康河的柔波裏，

　　我甘心做一條水草。

那榆蔭下的一潭，

　　不是清泉，是天上的虹；
揉碎在浮藻間，

　　沈澱著彩虹似的夢。

尋夢？撐一枝長篙，

　　向青草更青處漫溯；
滿載一船星輝，

　　在星輝斑斕裏放歌。

但我不能放歌，

　　悄悄是別離的笙簫；
夏蟲也為我沈默，

　　沈默是今晚的康橋。

悄悄的我走了，

　　正如我悄悄的來；

我揮一揮衣袖，

　　不帶走一片雲彩。

　　康橋，又名劍橋，寫徐志摩第二次留歐歸來時，是回憶之作。全詩都有格律和韻語，後來也有人替這首詩譜曲，也成流傳一時的歌曲。

　　新詩發展的初期，大都帶有韻律，就如聞一多主張的建築性、繪畫性、音樂性，這是新月派詩人共同的主張。其他如馮至的《十四行詩集》，仿照英國莎士比亞或意大利體的十四行詩，又稱商籟體。

　　後來新詩的發展，越來越自由，既無格律，又無韻律，隨興抒寫，只要分行寫，便是新詩。難怪被譏笑為散文的分行寫，便是新詩。

三、新詩要有形式和內容

　　任何文學，都具有它的形式和內容，新詩也不例外。新詩的形式，由詩人創造，但有它的通用性；新文藝在格律上分四大類：新詩、散文、小說、戲劇，當然還有兒童文學、報導文學等。就新詩而言，它要區別其他文類，所謂詩，在內容上，它是高密度情意的濃縮；在形式上，它是高難度文字的排列組

合。新詩的創作，有短詩或長詩的分別，例如：海寶國小何麗美的〈酒〉：

> 年輕的媽媽像一瓶酒，
> 爸爸嚐一口就醉了。

兩行便是一首詩，也很動人；又如筆者的〈名字〉：

> 在風中讀你的詩，
> 在雨中唸你的詩；
> 但最感人的，
> 在心中唸你的名字。

四行也可以成一首詩，或者八行、十二行、十四行，甚至更長，就要看詩的內容情意而定。通常是四句一段，合乎起承轉合的結構，才合乎詩歌的結構性、整體性、建築性。

四、新詩是怎樣寫出來

孔子的弟子子夏，在〈詩大序〉上說：「詩者，志之所之也，在心為志，發言為詩。」詩言志，詩是心靈的動向，心靈的獨白。德國哲學家海德格，在他的著作中，《思想‧語言‧詩》一書曾云：「詩的思考，是存在的真。」又說：「真是最

好的語言，能表現存在的真，就是詩歌。」王國維的《人間詞話》，也主張詩歌是真的流露。

我寫古典詩和新詩，也有幾十年的經驗，一首詩的完成，先有個理念在腦子裏運作，那就是詩的主題，然後透過語言文字，從韻語和韻律中，寫出一首詩歌，其實詩像流水一樣，不是寫出來而是流出來的。我舉自己寫的一首〈絲帶〉為例：

> 偶爾街心飄過一束絲帶，
> 緋紅地，隨著纖纖的秀髮散開。
> 何處的花兒，開得這般燦爛？
> 何處剪來的，撩人遐思的雲彩？
>
> 那定是來自南方，遼遠的南方，
> 四月的日子，因此變得更加可愛。
> 我彷彿嗅到暮春的氣息，
> 百花的奇香，沁透了我的心懷。

這首詩是在街頭看見一位女子，頭髮上的絲帶引我的靈感而完成的。又如〈買一段江南山水回家〉，在這首詩的後記，說明創作該詩的背景：

> 「儂為您繡出江南第一山的桃花，
> 南風吹開寄暢園的荷柳。

秋天借取惠山龍光寺紅葉來眼前，
更添上窗外一枝雪中梅。」
買一段江南山水回家，
包融無錫女子針線情的嫵媚。

後記：1994 年 6 月 26 日至江蘇省無錫，在京滬鐵路車廂中，購得蘇繡四季圖一盒，後遊無錫寄暢園，與江南第一山——惠山毗連，在惠山寺前，有一對聯云：「大哉王言山為第一泉第二，巍然廟貌祠以教孝寺教忠。」江南第二泉，便在寄暢園中。

其次，我在 2003 年 7 月 30 日，旅途上經過泉州清源山，在山腳下，有一尊老子的石雕造像，《泉州府志》記載：「石像天成，好事者略施雕琢。」因此我寫了一首〈泉州清源山老子石像〉：

傳說我是留下一本《道德經》，
騎牛出關而去，不知所終。
其實，是泉州府發一本護照給我，
要我在清源山落戶，領取糧票。

我是餐露飲露，不食人間煙火，
關尹子被派去看關，他們叫我護山。
我在山口看往來行人已千年，

沒有人跟我談道，只好對山講話。

日子久了，我也舉目茫茫，

不知走向何方？

以上三首詩，我把創作的過程略加敘述，可知創作新詩的經驗，遇到有好的詩歌體材，不要輕易放過，拿起筆來紀錄，便是一首好詩，作為他日記憶中美好的一頁。

五、結語

讀詩、寫詩、教詩，是我一生中最愉快的事，歲月悠悠，人生苦短，惟有詩歌可以慰藉您的心靈，使您心胸開闊，忘了歲月的流失，生命的短暫，把握一瞬的感觸，便可忘憂，也可以永恆。如同〈典論論文〉中所說：「夫文章經國之大業，不朽之盛事，年事有時而盡，榮辱止乎其身，未若文章之無窮。」壯哉，斯言，給與多少文人無限的鼓舞。

2016 年 12 月 1 日

夏日來時

是誰？踐踏過淺草，
驚動青蛙徹夜地喧鬧。
花、成串成球地像煙火，
豐腴的夏，真好！

草地上，有蓬蓬的吉他，
揮不走一頭蚊子，一頭夢幻；
假日，那羣赤膊的孩子，
學黑人嘶叫：「美麗的星期天。」

嘿，南風吹動著海潮，
這是青色的年代──
太陽永遠跟著我們走，
太陽永遠跟著我們走。

花嫁

車裡的花，像雪般，
雪裏的人，像花般；
紛紛好比四月的春光，
花也夢，夢也花樣燦爛。

不再說：「愛我愛得太慢。」
羞靨滿天，也得道聲：「我願。」
林間有熟透的果實辭枝自落；
嶺上長風向戀壑低喚千遍。

且忘卻世間的柴米油鹽。
像王子，像公主般驕慣。
願白雲在山頭長相依偎，
那怕孩子們說：「褲底打個破綻。」

坐鎮海門

——觀音山的玄思——
好美的觀音山，一尊仰臥的觀音，
她逶迤的秀髮直飄到海裏；
明麗的淡水，鮮明似帶，
橫過她的項際，是信徒奉獻的霞披。

龍宮貝殼廻響著往日的歌，
她思索，那首水族迎親的歡樂；
盈盈的河，潮來時，
像是冉冉而昇的蓮花座。

她想起：第一個駕著木舟的漁夫，
追逐著浪，為了躲避風雨。
他從海上來，帆已破，衣也濕漉，
在沙灘上狂奔，慶賀再次的著陸。

從此蘆岸升起炊煙，蓋起茅屋，
寧靜的街衢，石砌的小路，
隱約聽得小女子談論她們的丈夫，
飄起酒帘，風箱鼓鼓的打鐵鋪。

潮汐沖退倭奴、紅毛蕃的掠奪，
關渡巍巍有如守護的城垛。
夕陽走過屹然猶存的古堡牌樓，
青藤爬上寂寞已久的古炮銅駝。

如今，淡水的夜市，燈火像纓絡，
觀音山埋首濃霧中像一尊觀音。
河中傳來：「天黑黑，要落雨⋯⋯」
她坐鎮海門，凝視往來的雲。

雁行

不敢貪戀丰腴多夢的水邊，
曙光初露昂首飛往綠原。
這是征服蕭蕭秋野的豪傑，
在浩瀚的晴空下排起行列。

我也是一隻新來這兒的雁，
跟著伙伴呼嘯比翼青天。
萬山叢莽輕喟便可超越，
入夜就在蘆花帳下歇一歇。

一隻紅蜻蜓

一隻紅蜻蜓，
飛過金池塘，
輕輕停在荷花瓣上，
染紅了天外的夕陽。

為伊歡欣，為愛輕狂，
一朵盛夏的蓮荷，紅豔、清香。
一隻紅蜻蜓飛過了海，
飛越金池塘，染紅了夕陽。
一隻紅蜻蜓，
飛過金池塘。

為了尋找愛的故鄉，
染紅了荷花，也染紅了夕陽。

詩人是甚麼行業

詩人是甚麼行業？
三百六十種以外，
在人群中，獨樹一幟，
只賣春風，帶來春的訊息。

早春繁花盛開，
有蝴蝶飛來。
蕊蕊花朵，蜜蜂來過。
盛夏陽光璀璨，
用筆耕犁開心田。
收穫葡萄、鳳梨和草葉一片。

初秋，從落葉，告知，
到深秋滿地蕭瑟。
在樹下獨坐深思，
問白雲，為何到處漂泊？

冬天，遠處傳來雪的顏色，
從頭髮的花白到全白。

在森林中，只有詩人來過，
只留下風範不知為了甚麼？

回憶

回憶兒時
坐在巷口的夜晚，
跟鄰居的伙伴，
唱弘一大師的〈送別〉：
「長亭外，古道邊
芳草碧連天。……」
如今流浪到台灣，
美好的依舊是河山。
吉野櫻紅到天邊，
一輪紅日照滿天。
破碎的歲月，
用多少夕陽山外山來補填。

天寒地凍

超級寒流南下，
喬木落葉滿地，
天寒地凍，
彷彿不適人類居住。

雨不停地落，
高山都被冰雪封閉。
人們都說好冷哦，
躲到羽絨衣裡都難抗拒。

都市路倒人，
社會局也沒伸手援助，
躲在紙盒箱裡，
活活凍斃。

「天地不仁，
以萬物為芻狗。」
只好祈求太陽露臉，
照暖小孩和殘老。

蓮花颱風

從千里外，
我們的氣象台，
一直追蹤颱風的行徑。
蓮花颱風從花蓮外海，
緣著邊沿掃來。

逆時鐘方向流動，
從花蓮倒置成蓮花，
只帶豪雨，沒有帶來災害。

在海觀浪，白浪滔滔，
比起廬山煙雨浙江潮，
海浪撞擊海岸，
浪高比一線潮還高。

莊子秋水篇說：秋水時至，
古代的秋水，也是雨季。
於是河伯欣然自喜，
以為天下之美，盡在於此。

河伯和北海若的對話，
「余將貽笑於大方之家。」
至今變成一則成語，
流傳眾口之間，傳遍天下。

歲月如流

歲月如水流，
落葉聲，已是深秋。
年復一年過去，
只有淡淡憂愁。

杭菊白，秋菊黃，
眼前正是花開的季候。
高尚的情操，
候鳥都找到綠陰水草。

春天是蓬勃的生長，
夏天是結實累累的季候。
秋收冬藏，古人的諺語，
從不曾為你停留。

深思一年的遊蹤，
像一部書隨自然轉動，
在每一頁記下記憶，
一去永不回頭。

花蓮雲山水之遊

大山在白雲清水之間，
這是天地靈秀之地。
自然間有此奇特的安排，
雲山水便成花蓮的靈氣。

白雲飄浮天空，
偶爾在山頂駐腳。
千山飄流本無定所，
如同遊子隨浮蘋飄泊。

大山重疊像金字塔，
青蔥翠綠，山巒起伏。
深山蘊藏無限奧秘，
相傳神仙也住在這裡。

清水流過大山身邊，
溫潤婉約有如少女。
她默默依偎憑添秀麗，
人們在其中與天地化而為一。

新春試筆

元宵燈節過，收心策前程。
農夫有田舍，士子無地應。
斗室滿書籍，唯有靠筆耕。
今歲春猶寒，窗外草青青。
櫻花次第開，未及盈樹生。
踏春賞花木，陰雨盼初晴。
陽氣隨季轉，春來新歲迎。
揮筆淩絕頂，彩華滿天星。

樹下獨坐

獨坐櫻樹下，細數落花瓣。
有蝶飛過來，賞春已過半。
東風緩緩吹，花葉零落散。
歲月去無蹤，物遷令人歎。
坐久漸入禪，玄機渺雲漢。

淡水捷運站行二首

其一

往來路人行匆匆，

欲去何處各西東。

人潮似湧如潮汐，

捷運繁忙去如風。

站中旅客人接龍，

一時車來去無蹤。

台北首府謀生地，

只為生計眾相同。

其二

淡水入夜窗外燈，

猶如銀河天上行。

風華好景看不盡，

車行迅速即入城。

快速方便稱捷運，

無屆不到堪好評。

四周星光盡璀璨，
銀河之外太空迎。

花蓮行二首

一、太魯閣

經過數億年切割，
終成一條險峻河。
兩岸壁立在相望，
河牀百折似條歌。

人人稱譽東部新，
上天圍遶嵐氣雲。
名聲響徹太魯閣，
山林開發本艱辛。

二、花蓮港

大山相隔稱後山，
人間淨土勝桃源。
白雲滄海引遐思，
風物新鮮近天然。

人民往來稱勝地，
樸質清純近藍天。
保存純土山重疊，
雲煙往返似仙源。

外雙溪行

雙溪水淺成山澗，
兩岸綠竹隱人家。
春雨連綿溪間行，
葉隱叢林偶有花。
鳥鳴漸息避雨去，
惟見烏雲山頭斜。
溪邊堤岸隔水岸，
時見白鷺捕魚蝦。
藍空晴天白雲深，
夕陽天外帶晚霞。

歲月常新

詩賦凡塵似流水，
人間世俗如青煙。
東軒寄傲黃花落，
南國浮雲白日懸。
故土淪落無音訊，
他鄉流浪有誰憐？
街頭冷暖雖多變，
歲月常新又一年。

花東縱谷

花東縱谷細又長，
大山大海是故鄉。
地震颱風時扣岸，
堅韌堪稱臺灣郎。

歌聲傳遍各部落，
阿美女子採茶莊。

頭上野花紮頭環，
森林畋獵凱歌忙。

江南行三則

一、

水澤芙蓉隨處有，
江南戶戶枕河渠。
黑瓦粉牆依村郭，
歲月悠閒暇有餘。

二、

雲如流浪千山客，
香為人間萬古春。
富貴榮華相鄰近，
貧窮坎坷接應頻。
江南水澤運河地，
綠地門前草如茵。

三、

蘇杭京滬盡精英，
法國梧桐夏日迎。
街坊樓臺人鼎盛，
日夜車輛震耳盈。
繁華歲月無痕跡，
月落江湖流水輕。

臺灣是寶島

一、

聞道臺灣是寶島，
四邊環海稱蓬萊。
青山綠水人情好，
四季花開蝴蝶來。

二、

人人都說臺灣好，
夜市小吃任意挑。
四處車流如水逝，
往來擁擠是人潮。

三、
大街小巷柏油道，
落葉公園有人掃。
遛狗手牽便不留，
見人稱道清晨早。

台北街頭即景

滿街機車像蜜蜂，
車來車往是毒龍。
有人問我家何處？
家在和平東路東。

過重陽

芳原綠野恣行樂，難得浮生作客人。
雲捲青山山欲暮，風吹塘水水如銀。
聞道蘇杭形勝在，或云甘陝歌舞新。
停雲詩友邀相聚，同行結伴待來春。

題祖榮兄詞稿

辛未夏，得緣至台中，陳祖榮兄以近作詞見贈，並謂近期服務公職將屆榮退，願以平日所撰詞篇結集作為紀念，囑余題詩，余讀其浣溪沙有佳句，特引其句「好風只在有無間」以贈。

詞家本愛風和月，且詠香箋付佳篇。

世事雲煙常入眼，文章歷練求其全。

中原離亂冠纓散，南國結緣山水妍。

展讀祖榮吟草句，好風只在有無間。

許清雲 簡介

東吳大學中國文學系全球徵聯開幕致詞

許 清雲，字儷騰，號城前村人，一九四八年生於臺灣省澎湖縣白沙鄉城前村。學術專業古典詩歌理論與鑒賞、古籍整理學、文獻數位化，獲國家文學博士學位。曾任東吳

大學中文系主任及研究所所長、中華基督教衛理公會副董事長、衛理神學院董事、考試院典試委員、國家文官學院講座。目前為東吳大學中國文學系兼任教授、中華詩學會理事。主要著作有：《現存唐人詩格著述初探》、《方虛谷詩及詩學理論》、《皎然詩式輯校新編》、《皎然詩式研究》、《近體詩創作理論》、《古典詩韻易檢》、《現代應用文》、《平水詩韻簡編與杜詩鏡詮》以及製作電子書五十餘種。古典詩、現代詩創作集有：《並蒂詩情》（合著）、《並蒂詩香》（合著）、《並蒂詩林》（合著）。國家專利有：中文字離形數位化系統及其應用、一種計算機漢字輸入方法、一種計算機英文輸入方法、英文數碼輸入法、發聲陀螺等五項。

父女孫三代攝於東華大學

·詩　論·

·新　詩·

·古　典　詩·

讀《新詩韻味濃》兼談現代詩寫作

許清雲

　　我喜愛詩，偶爾寫寫古典詩，也寫寫現代詩。曾經為古典詩教程寫過《近體詩創作理論》，也曾動念想寫一本《現代詩創作理論》，但矛盾一直存在心中，遲遲不敢動筆。近年來因緣際會，經邱燮友教授介紹認識詩人徐世澤。徐老先生醫師出身，兼有詩人的感性。曾十四度代表出席世界詩人大會，二〇〇〇年在希臘世界詩人大會上朗讀詩歌，作品散見各報章雜誌，並列入世界詩人選集。著作豐富，有中英文對照《養生吟》、《詩的五重奏》、《擁抱地球》、《翡翠詩帖》、《思邈詩草》、《新朝文伯》、《健遊詠懷》、《新詩韻味濃》及《並蒂》系列等十餘部詩集。

　　徐老先生年近九十，除努力創作外，更有宏揚中華詩學的偉大抱負，極力呼籲為現代詩創作找到一條大家認為可行的主要形式和規範，使初學者有所適從。他認為：「現在的現代詩，是以美學透過那抽象的具體，著重意象、象徵、比喻、聯想、想像力，勾勒出一種動人心弦的意境和情調。雖然分行分段大體整齊，具有藝術性，大多詩人卻未重視音韻節奏，無法朗朗上口，令人難以記憶。只能說它有機會和宋詞、元曲一樣，先作好幾種固定的範式，再經過多人接受、喜愛，試寫，成為眾多詩人學習模仿的對象，才能定型，才能成為二十一世

紀的新創詩體。」(《新詩韻味濃‧自序》因此,每次相聚談話,對我寄望甚殷。其實,個人年過一甲子後,沉迷於古籍數位化,目前還有大計畫正在推動。況且胡適別創「活的文學」,倡導白話新詩,強調的就是鼓動創新,就是自由,我豈能蚍蜉撼大樹,欲為自由新詩立下規範。但最近重讀《新詩韻味濃》,越讀越有韻味。沉思多日,覺得徐老先生以韻味手法,表現了景物的特質及自我的感受,「融舊詩韻味於新詩,開詩壇道路於未來,追求現代之語言、情調和舊詩之可記可吟為一體,消除新詩為人詬病之不足,洵承繼千秋詩脈、發揚當代詩風之功臣也。」(江蘇連雲港師院退休教授李德身《新詩韻味濃》點贊語)如果就以這本書為藥引,再配合個人對白話新詩的一些想法,舉書中詩篇為例,應該會有助於初學者的創作吧!

一　詩的本性在於美

詩的本性在於「美」,現代詩創作,一定要緊緊抓住這個特徵。什麼是詩?這是歷來詩學研究者避不開且又說不清楚的一大難題。根據楊鴻烈《中國詩學大綱》統計,我國歷來關於詩不同說法,竟達四十種之多。個人覺得,北宋司馬光針對言文詩三者之關係說:「言之美者為文,文之美者為詩。」〈趙朝議文稿序〉這在當時,甚至今日都不失為獨到之論。足見詩的本性在於「美」,詩與美的關係乃是詩的基本關係。任何一

首好詩，基本上都是美的呈現。美的呈現雖有多方面，但主要應該展現在詩意的推敲和詩句的精煉上。

眾所周知，詩的立意是創作中關鍵核心，寫詩以立意為主，也是創作的一條重要原則。王夫之《薑齋詩話》說：「無論詩歌與長行文字，俱以意為主。意猶帥也。無帥之兵，謂之烏合。李杜所以稱大家者，無意之詩，十不得一二也。煙雲泉石，花鳥苔林，金鋪錦帳，寓意則靈。」王氏這幾句話，已把立意的重要性說得很明白了。然而，寫詩要如何立意呢？唐代詩論家皎然的《詩式》說：「其一十九字，括文章德體、風味盡矣。」他所說的「一十九字」是：高（風韻切暢曰高）、逸（體格閒放曰逸）、貞（放詞正直曰貞）、忠（臨危不變曰忠）、節（持節不改曰節）、志（立志不改曰志）、氣（風情耿耿曰氣）、情（緣情不盡曰情）、思（氣多含蓄曰思）、德（詞溫而正曰德）、誠（檢束防閑曰誠）、閒（情性疏野曰閒）、達（心跡曠誕曰達）、悲（傷甚曰悲）、怨（詞理悽切曰怨）、意（立言曰意）、力（體裁勁健曰力）、靜（謂意中之靜）、遠（謂意中之遠），這都跟立意有關。簡而言之，詩意一定要經過再三的推敲，使自己的意識、情感、懷抱，一一藏納其中，必然蘊涵美感。《新詩韻味濃》的作品在意象的鍛鍊上，無論意識、情感、懷抱，都有其獨特的詩美。一眼能看出的就不在此贅述，當中有兩首看似輕浮的詩，但都寫得不輕浮，關鍵在於詩人善於精心煉意了。請看：

「新莊一襲裹細腰／蓮步輕移臀股翹／掀動酥胸展娥眉／回眸淺笑，意在促銷／玉體透露薄衫中／扭動腰肢隨風搖／花容月貌飄香氣／路人驚艷，都說窈窕」——〈模特兒〉

「夜晚車流滾滾／恍若舞著一條火龍／遠觀群星熠熠／有人趕來交鋒／夜店門前燈光閃爍／鶯鶯燕燕一窩蜂／新貴風流想入門／竟遭狗仔窮跟蹤」——〈夜店途中〉

前者寫時尚模特兒走秀，後者寫都會的夜店生活，都能以現代的感性和體悟煉意，通過融匯古今文字詞藻和句法的手段，來昇華詩意，一人的聲音有百姓的聲音，所以能呈現出詩的美。

其次，詩既是精煉的語言，詩句力求簡潔精煉，已是不爭的事實。《新詩韻味濃》書中精緻凝煉的詩句頗多，如：「挺立在路邊牆角／孤獨高懸一盞秋色的燈」（路燈）、「欲祭疑君在，又恐／親人已赴印度洋黃泉路」（馬航成謎）、「號子看板上／像大海波浪／無數浪花嘩嘩湧跳」（股市悲歌）、「水珠柔美輕盈／淌在葉面上亮晶晶」（雨滴）、「晚秋的風／吹亂夕陽的影子」（推輪椅的菲傭）、「秋風吹奏一曲金秋的旋律／成熟的絳紅、金黃／沉甸甸的遍地琳瑯」（秋風）、「陽明山的秋風，吹著／枯黃的樹葉，在枝頭搖晃／它們寫成的詩句，近乎焦黃」（秋之旅）。似此形象生動，語言精美詩句，俯拾皆是，讀者不難發現。

詩句要求精煉，因而遣詞用字也不能失之太白、太俗。昔時偶見現代詩人以屎尿、吐痰入詩，而吟哦無味，這就過度隨意玩弄了。不過，我並非頑固不靈，堅持屎尿、吐痰永不得入詩。《新詩韻味濃》書中正好有這種題材，如寫〈爺爺失禁〉：「他怕人聞到尿臊味／而有社會孤立的窘境／他眼睜睜看著濕答答的地面／媳婦常常為此愁眉苦臉」、〈老人失禁〉：「他失智了多久了／不知怎麼這樣糊塗糟糕／返老還童，隨意大小便／弄得自己毫無尊嚴」、〈為丈夫長期拍痰〉：「砰砰拍拍，砰砰拍拍／奏出響亮而規律的音符／拍痰聲和虛弱的咳嗽聲／此起彼落／形同一場苦澀的交響奏」，這幾首就充滿關懷與悲憫之心，如此看待用字遣詞，就能易俗為雅了。

二　詩的形式要有視覺美

　　詩是一種感官的美學，主要是呈現在視覺和聽覺的美感上。因此，形式的規範必須分行、分段。如何分行、分段？由於胡適倡導白話新詩，強調的是自由，因此並無固定的形式。然而，西洋有十四行詩，也可暫以十四行為基準，略作增減。若是經營長篇敘事詩，則不在此限了。《新詩韻味濃》收錄的作品，行數以八行、九行、十行、十二行、十五行、十六行居多，段數則分成兩段至五段，每行不超過十三個字，每段不超過七行。分行分段整齊，具有藝術性，初學可以取法借鑒。例

如〈白衣天使〉和〈兩千年石柱〉同樣是十行分兩段，但分段形式不同。而〈視病猶親〉和〈老翁心語〉句子不同，分段形式不同，但同樣分成八行。〈曲終人未散〉、〈樹，逃過一劫〉和〈和簿〉句子不同，分段形式不同，但同樣分成九行。〈推輪椅的菲傭〉、〈她的眼睛〉和〈疊花〉句子不同，但同樣分成三段十二行。當然，詩集中還有更多的形式變化，都是經過詩人精心設計的，編排在一起就很能呈現出視覺之美。請看看這些作品：

滿臉溫柔相

輕盈天使裝

玉人含笑來復往

儀態端莊

親切勝冬陽

輕聲微笑說

殷勤問暖涼

上班總為病人忙

心腸慈善

贏得美名揚——〈白衣天使〉

穿越希臘羅馬時代

狼煙烽火甚巨

默默屹立
流著歲月的淚水

傷痕覆著傷痕
淚跡蓋著淚跡
兩千年石柱
迎接時代風雨
撥開歷史雲煙
巍然不墜──〈兩千年石柱〉

台灣，有熱心的志工
為需要幫助者指點迷津
他們都具有專業知識
在安排就醫中倍感溫馨

對患者悉心噓寒問暖
不求報酬和賞金
像春風拂過大地
如春雨滋潤人心──〈視病猶親〉

一株枯朽的老樹
隨時會嘩然倒下

未來的生命

輕如剩餘的殘渣

眼前所見
盡是花落，夕陽斜

倦飛野鴨
如寒夜簑衣，孤坐於水涯──〈老翁心語〉

窗外，一片昏暗
窗內，一盞慘淡燈光

一個病人身上到處插管
夜深，家屬優雅的愁容上
個個熱淚盈眶

病人只有依賴機器呼吸
醫師正待宣布死亡
家屬默然祈禱
夜色，凝靜蒼茫──〈曲終人未散〉

面對斧頭與鋼鋸
樹隨風沙沙作響、抗拒
上天憐憫為它下一場大雨

眾鳥高飛

樹淋著雨
狂風將雨朝工人身上吹

工人全身是水
怕淋雨感冒
只好收拾斧頭與鋼鋸……──〈樹，逃過一劫〉

越久越發黃，成一堆廢紙
雖說青春藏在此
只是回憶老人的往事
那好景值得留念
不忍丟棄

這本個人史料
不管站或坐，幾乘幾
再也走不出這裏
總之，它要和我在一起──〈相薄〉

斜陽散步，在醫院長廊
一雙黝黑而溫順的手
推著一輛輪椅緩緩徜徉

老人乾癟的嘴問短問長
她豎起耳朵，貼近那張嘴傾聽

他黃昏的憂傷

晚秋的風
吹亂夕陽的影子
她想起了椰樹下的爹娘──〈推輪椅的菲傭〉

她的眼睛像冬天的太陽
帶點微笑望著我
我冷冷的心靈瞬間溫暖舒暢

她的明眸閃亮著光芒
傳情的眉目瞧著我
樂得我心花怒放

她的眼神呈現獅吼模樣
炯炯地盯著我
嚇得我渾身發燙──〈她的眼睛〉

含苞待放的嬌客，昨夜來訪
驚見他的麗質剎那間
綻放出一朵流香，潔白如霜

夜裏，在燈光照耀下的陽台上
目睹她展現生命的精華
勝過秋夜皎潔的月光

今晨，我推窗觀望

未留下一點昨夜驚艷的痕跡

她的表現依舊平常──〈曇花〉

三　詩的節奏要具有聽覺美

　　眼前擺著一篇文學作品，要看它是不是詩，我們應該以什麼為標準去加以判斷呢？在傳統觀念中，首先是看它有無分行，是否押韻。押韻是相當重要的，正如章太炎所說：「詩必有韻，猶之和尚必無妻。和尚有了妻，就算俗人好了，何必說是和尚？詩無韻，就算文好了，何必說是詩？」從詩的節奏要具有聽覺美這一觀點來看，章太炎「詩必有韻」的說法是十分正確的。蓋詩之為物除有審美之辭句外，仍須有和諧悅耳的音調。如何讓音調和諧悅耳呢？一是用韻，一是聲調。我國古詩在長期發展中，根據漢語和文字在形、音、義方面的諸多特點，創造了許多相當完美的格律和形式，這對於今人仍有許多可借鑒之處。近體詩是唐詩中最重要的一部分，也是唐詩藝術成就最突出的領域。唐人寫作近體詩，因為已有規範的押韻位置和調聲方法，照著既定規範去做，音韻自然和諧優美。

　　胡適白話新詩強調的是革新，革故鼎新是把舊有好的部分留下來，把不合時代的陳腔濫調革除，並不是全盤否定古人的一切作為。自由化與格律化是詩歌的兩大形式規律，可以互存互補。事實上，不論是我國古代或是外國，詩的發展幾乎都是

通過自由化與格律化的相互競爭、相互交錯的道路走過來的。因此，就用韻來說，如果與詩意內容相適應，可以在或多或少程度上增加詩的美感，應是值得鼓勵的。古人詩歌有用韻和調聲，這是屬於舊有好的部分，應該保留下來。至於古時韻部的歸屬、押韻的位置、調聲的方法等等，雖不是罪大惡極，但也不必強求似這般劃一的標準。這些就儘量給創作者自由的空間，讓作者自己去調配吧！胡適《嘗試集》中的詩，多半也是用韻的，例如〈老鴉〉：

> 「我大清早起／站在人家屋角上啞啞的啼／人家討嫌我，說我不吉利：──／我不能呢呢喃喃討人家的歡喜　　天寒風緊，無枝可棲／我整日裏飛去飛回，整日裏又寒又飢／我不能帶著鞘兒，翁翁央央的替人家飛／也不能叫人家繫在竹竿頭，賺一把黃小米」

全詩除分行、分段外，還句句押了韻腳。《新詩韻味濃》收錄的作品都有韻腳，吟誦抑揚頓挫，美不勝收，初學應是可以借鑑的。如上引〈白衣天使〉一詩，全首「相」、「裝」、「往」、「莊」、「陽」、「涼」、「忙」、「揚」押韻；〈視病猶親〉一詩，全首「津」、「馨」、「金」、「心」押韻；〈老翁心語〉一詩，全首「下」、「渣」、「斜」、「鴨」、「涯」押韻；〈她的眼睛〉一詩，全首除「陽」、「暢」、「芒」、「放」、「樣」、「燙」押韻外，在三段中

間一句安排同是「我」字收尾，造成句句用韻效果。再舉三首供觀摩，如〈北海岸風箏〉：

「明媚春三月，風箏節／在北海岸舉行／憑借東風，離地仗線牽／魚蟲鳥類小熊，飛上青天　輕盈體態，飄飄欲仙／眾人抬頭仰觀樂陶然／舞姿惟靠風吹動／風力衰竭，紛紛墜落爛泥田」

這詩全首「牽」、「天」、「仙」、「然」、「田」押韻，而第一行中「月」、「節」也是押韻。又如〈股市悲歌〉：

「號子看板上／像大海波浪／無數浪花嘩嘩湧跳／在玩：你下.我上，跌跌漲漲　退潮了！退潮了／滿海黑色暗浪／多少人心潮起伏／一生血汗在波濤中流光」

這詩全首「上」、「浪」、「漲」、「光」押韻，「跳」、「了」也是押韻，而第二段第一行中「退潮了！退潮了」也是行中有韻。又如〈回家〉：

「北榮高樓在北投天空發光／我家就住在這地方／由台北站搭上飛快捷運／石牌站兩旁飄菜香／喝幾口熱湯，溫暖了心房　接駁車帶我到北榮／讀了一首詩送夕陽／下車

後，在返家路上／太太的呼喚聲／總在晚風中回盪」

　　這詩全首「光」、「方」、「香」、「房」、「陽」、「上」、「盪」押韻，而第五行中「湯」、「房」也是押韻。

　　總之，作者善於押韻以製造節奏，不但句尾押韻，句中韻也頻出現。不僅此也，其押韻並非一成不變地一韻到底，有時也換韻，或平仄通押，使節奏不至機械、呆板。故讀其詩，朗朗上口，足可感受聽覺的律動。

四　寫詩要從生活中提煉

　　藝術是與人生極有關係的。唐代詩歌之所以特別興盛，是因為在那時代生活就是詩，詩就是生活。一部杜詩，可說是杜甫全面生活的實錄，也是那個時代的社會實錄。因為詩是現實生活的昇華和個性的表現，所以詩的寫作離不開現實，也離不開寫詩的人，否則很難引起讀者共鳴，更無從見其獨創的精神。詩人林煥彰主張寫詩要「從生活開始」，這是經驗之談。他認為想憑空創造詩，那只能寫出虛幻的東西；如果想從書本中得到靈感，那再好也是借來的。只有從生活中提煉出來的詩，才是真實的，才是自己的，即使題材醜惡些，技巧笨拙些，一樣值得珍惜。李白說：「陽春召我以煙景，大塊假我以文章。」《新詩韻味濃》書中就有許多這種生活上的題材，既是鄉土的，也是寫實的。詩人關心國家社會、醫療問題、民生

疾苦，周遭的人、事、物，及生活的點點滴滴。例如：

「盞盞華燈如繁星，得意的臉／少了幾條皺紋／當年眾聲
如雷響起，而今／當了議員，主掌城鎮成名人　轉眼自
身光環已不再／晚年生活無人聞問／叫人心酸，令人齒冷
／世情啊！荒涼如浮塵」──〈下台的政客〉

「鄉情是城裏的一棵／百年老槐樹／也是城裏的一條／百
年石板路　那棵老槐樹／綴滿故事和樂譜／那條石板路
／迴盪著成串如詩的音符　那一聲聲的鄉音啊／凝聚著
一生的思念和互助／見到城裏來的鄉親們／歡呼、握手、
擁抱、愛撫……」──〈鄉情〉

「我是地球村民／世居沼澤池塘／不論有無知音／興來啁
啁高唱　有人為了實驗／將我押在解剖臺上／開膛破
肚，左看右看／完全無視我的悲傷　有人將工業廢水／
污染我住的地方／戕害了我的子子孫孫／未來人類恐難再
聆賞」──〈蛙鳴〉

「緩步徜徉，北海岸／浪花拍打堤防，朵朵歡唱／遊客駐
足，流連忘返而西望孤帆遠影，遠影孤帆／蕩起東海上的
波光／粼粼如矽砂，在水面上蕩漾　有一對老夫婦／坐
在人行道旁／回憶往事滄桑　而我，一直眺望西北的遠
方／將六十六年的思念／留在台灣，台灣也是故鄉」──
〈北海岸思鄉〉

「全民重視安寧療護／讓病人度過有尊嚴的／人生旅途／

醫師要有同理心／若病人昏迷，應予拔管／減少不必要的痛苦　適時放手，才是真愛／讓病人自然離去／減少無效醫療／病人有權自己可以簽署：／不施行心肺復甦術／放棄維生醫療同意書」——〈同意安寧療護〉

「發育遲緩的孩童／大頭水腦，面目舒張／顯得天真幼稚／幸好他的母親慈祥這個孩童，隨時都在／注視母親的動向／寸步不離；不亂跑，不欺妄／回答母親的話，卻得體高昂　低能兒也能學會照顧自己／成天依在母親身旁／得到更多母愛的呵護／算是上蒼給了他的補償」——〈上蒼眷顧——給智能不足兒〉

「天母原是美軍駐在地／廣場是最佳展示場／週末人擠人逛貨攤／滿足物美價廉，欣賞超多樣　美國學校，日本僑校／皆在馬路旁／美日國旗和我國旗並立／日日在樓頂隨風飄揚　義大利麵，日本壽司／滬杭菜館，無處不飄香／飢餓的想望／兩分鐘就可進食堂」——〈天母廣場〉

「歲月流逝，塵土佈展心房／日子如梭穿行順暢／鳥兒愛盆花，在窗外歌唱／藍天白雲如游魚／庭院中桂冠飄出芳香　今天握在手裏的，有／燦爛的陽光／早餐燕麥豆漿，供給熱量／大街上人來車往／我要過馬路，還是很緊張　遠去的克難不再，經濟飛揚／近來的金融風暴，物價翻漲／我只安靜地過著儉約生活／散步寫詩，細數每一天消逝的／在夜晚夢中重現的好時光」——〈生活〉

「黃色小鴨在浪裏流淌／平安歲月／如江河浪靜／憂傷時

光／恰巧海上風險　　她本過得閒靜，可撫慰人心／卻因無預警的熱脹／炸成兩半，趴在海面／飽滿的幸福底下／無比空虛與不安寧　　傷口一經縫合，又微動起來／如昏迷的人恢復清醒／人生註定在風浪裏／擁有一剎那的美景／黃色小鴨頗似人生縮影」──〈人生縮影〉

「討債鬼緊跟著／夜以繼日／要從無處可逃的牢籠裏／抽空他的呼吸　　時間不憐憫這暗淡世界／暮色來襲／他心生恐懼而戰慄／只想沉沉睡去　　他不願孩子受苦／想用方法一起安息／假圍爐取暖／孩子的無知令人警惕　　這一金融殘酷陷阱／竟連日發生悲劇／他們死得如此輕易／把問題留給社會」──〈燒炭悲歌〉

　　隨手所舉這些作品，由於語言平淺，題材生活化，技巧也不故弄玄虛，而文筆生動感人，加上有意安排幾個韻腳，讀來琅琅上口，頗富韻味。余光中曾說：「人到中年，要不多閱世也不可能，閱世既多，那『世』就會出現在詩裏；至於怎麼出現，則視詩人藝術之高下了。……王國維的『世』說得窄些，便是現實；說得寬些，便是人生。」（〈穿過一叢珊瑚礁〉載《藍星詩刊》第十七期）詩人年近九十，耳聰目明，足跡遍布六十四國，閱世可真是豐豐富富。

五　詩的最高標準要富有韻味

　　韻味是含蓄優雅的風味，是一種富於內蘊、含蓄模糊的味道。其基本詞義，或指含蓄的意味，或謂情趣的風味。然而作為中國古代詩學的重要範疇，「韻味」可以說是以樂和詩、以味喻詩傳統的美學總結。韻本是與聽覺相關的樂之美學特性，引申到詩中之韻，體現的是「詩」與「歌」的密切關係；味本是與味覺相關的概念，經過修辭轉換、美學轉換後成為審美品評的重要範疇。久而久之，韻、味合二為一，主要是指審美對象繞樑三日，令人愉悅、回味無窮的審美效果。因此，其內蘊豐富，可以反覆咀嚼回味；其含蓄模糊，所以有糾纏不清的曖昧。

　　詩是含蓄的語言、濃縮的藝術。我國文藝的傳統，總的來說是從大處著眼的，用心靈的「整體」去體驗自然世界的「整體」，是一種人化的自然世界。而「豐富」和「模糊」本身就是人心體驗自然時的主要感受，這種感受被直接帶到了文藝中來，成為一種超越各種傳統文藝形式的共性，成為評判傳統藝術的一種最高標準。

　　徐世澤《新詩韻味濃》自序說：「今天我印行的這本詩集，是大詩人林煥彰在兩年前，要我另闢蹊徑，試寫『韻味詩』，表明自己的寫作風格而成的。」足見以「韻味」手法來寫作現代新詩，是詩人自我期許的最高標準。翻閱其詩集，再三的咀嚼，韻味真有如茶香，餘味不絕。韻味佳作，除前引諸

篇都具有這樣的共性外，再迻錄三首，供初學者觀摩借鑒。
如：

「七年前，我跌斷腿／手術後，藉著老嶺中的一棵樹／修
煉成一枝仙杖／幫助我走路　　她照護我右肩提高好直腰
／在公寓樓梯間，也盡力相助／上下計程車，更像一個盡
職的／侍從，先為我把車門打開穩住　　我已85了，過
馬路時／常會有人趨近攙扶／這都是因她身矮引人注目／
也像極了一位惹人憐憫的老婦」──〈矮小的手杖〉

「星、星、星星，在空中／悄悄爬行／向沉睡的我／灑下
希望的光點／夜飛逝得那麼安寧／熟睡的我常因悟句驚醒
　　我在陽明山下很平靜／與世無爭，淡度光陰／上天賦
予寫詩的樂趣／只在黎明觸動靈感，反覆誦吟／隨著詞宗
們的指點／步步邁向峰巔……」──〈夜與黎明〉

「一個模糊的印象／穿透落地玻璃窗／有冷風吹撞　　臉
像白雲　貧血蒼黃／額頭糾結　孤苦淒涼／豎起耳朵　諦
聽遠方　　遍地血腥　　人心惶惶／煩憂被砍的表情　令
人沮喪／像株枯樹怎能抵擋瘋狂　　度著每日同樣顏色的
歲月／折疊在生命年輪裏的哀傷／面壁冥思　裁詩送夕
陽」──〈孤寂和煩憂〉

六　寫詩要有目的

在古代，文人參政，投身社會改革，作品所提出的政見被採納的屢見不鮮。那些年代，「文學反映社會」真是起了不小作用。但古代這種好光景、盛況，在現代是絕對看不到的，大詩人渡也曾慨嘆：「寫詩有屁用？」（《新詩補給站》）的確，「文學於現代根本不能參與社會改革活動」；「企圖把筆當劍，似乎不可能。」所以文學究竟還能起什麼功用？詩人的使命和責任為何？思之不禁令人氣餒。

理論上，任何文學都有其功能，詩是文學中的精品，詩當然有其功能。唐朝詩人杜甫在當代也不被重視，其詩聖地位要到宋代才被高舉。因此，詩人不必如此懷憂喪志，心灰意冷。提筆寫詩時，心中仍要懷抱崇高目的。談詩的功能，子夏於詩序中已清楚明言：「正得失、厚人倫、美教化、移風俗。」換言之，詩人必須具有社會及時代使命，作品要有積極性和提升人類、引導人生的功能。杜甫之所以偉大即在於憂國憂民的襟懷，其詩時時關切社會問題、民生疾苦，具有極崇高的理念，所以能千載感人。

《新詩韻味濃》的作品絕不會蒼白夢幻、無病呻吟。更不會矯揉造作，為賦新詞強說愁。佳作除前引諸篇，讀者可以借鑒外，再迻錄數首，供初學者觀摩。例如：

「片片陰霾的『萬人坑』／露出一截截白骨／駭人聽聞的

『殺人』競賽聲　　這血腥的文字入木三分／而《貝拉日記》的五十二萬言／都可作為南京大屠殺的歷史見證　《貝拉日記》出鞘如一把正義之劍／擊出鏗鏘的回聲／讓新世紀的人睜大眼睛」──〈南京日軍暴行紀念館〉

「兩岸開放交流／遊子急著還鄉／聞訊親朋各地來／握手問短長　　相視兩鬢蒼蒼／表面歡笑，心頭淚汪汪／互訴離愁悲喜交加／難掩雙親亡　　遊子最愛故鄉人情味／飄零不忘，放眼看滄桑／笑談姪輩家和樂／但願中華民族興旺」──〈返鄉探親〉

「十月下旬，金風送爽／士林官邸展菊會場／五彩繽紛呈優雅姿態／讓秋景勝過春光／白紫紅黃巧扮裝／錚錚傲骨，競吐幽香　　盛開來節慶重陽／人花相映沐霞光／風搖倩影，飄逸英姿／滿身金甲盡是華章／自晉以來韻味長／文人雅士相得益彰」──〈秋菊〉

「有時安寧如江河浪靜／有時憂傷恰似海上風險／不論身處何境／我心一定要安寧　　歹徒雖來侵／歹運雖來臨／只要我放得下財物／可保平安而脫險　　我願照護弱勢族／讓他們看到人性的光明／只要他們上進／我心必安寧」──〈我心要安寧〉

「春節過了，回到真實的台灣／媒體誤判，令人嗟歎／把做壞事的惡人，當好人看／把違反原則的叛徒，當好漢／把堅守原則的君子，當傻瓜玩　　薪水不能調高，生兒育女／無力負擔／盜賊詐騙天天有，竟有人想／在牢裏吃閒

飯／食品常疑造假、摻毒／更令人飲食不安　　這社會變得衰弱病殘／生無生趣，死也不甘／一般人想要移居海外／生活比台灣更難」——〈感時傷心〉

「壯麗景觀好庭院／大廈建築富堂皇／設備齊全重休閒／更煥彩換裝／耆老展歡顏　　舒暢寢室五星級／廚房整潔供三餐／食材都是有機產／走廊牆壁裝扶手／輪椅可在院內遊玩　　詩書畫展連連辦／博奕衛生復健房／會客電視志工班／復有溫馨宗教講壇／翁嫗樂活不孤單」——〈夢中的敬老院〉

許清雲　國家文學博士

東吳大學中文系所教授兼主任、所長

2016 年 12 月 10 日

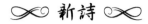

回鄉偶書四帖——故里

故鄉從不張揚喧嘩
依舊藍天陪伴海沙
海風與海浪對語
海鷗與海豚戲嬉

兒時心緒依依
夜空銀河歷歷
夢裡是誰
頻頻問我
芭樂甜否
釋迦香否

回鄉偶書四帖——風茹草

澎湖風
最神氣

風幾時起
風何時息
風從那裡來
風往那裡去
問誰
誰理
風茹草
多謝你

回鄉偶書四帖——仙人掌

兒時的誘惑
紅紅的禁臠
可以遠觀
不可褻玩

涼涼的冰品
伴手的好禮
垂涎三尺
目光一觸
幾時化身仙人冰

幾時化身仙人餅

回鄉偶書四帖——天人菊

實至名歸
菊島縣花
身軀瘦小卑微
承受天人道理
風起順風
雨淋沐雨
夏之日
冬之夜
四時無懈
守護故里

一葉丹楓

窗外四季早已變化
多日不見的紗帽山

頻頻撥弄彩霞為秀髮
扮演著深情戀人

翠嵐披在肩上
丹楓塗抹臉頰
午後遠眺
誘惑無邪

忽地飄進一片楓紅
攪亂了…心事濃濃

問我

昨夜掉落雙溪的夢
似乎已隨波出海
秋風從草山下來
捎進滿庭黃葉

禿筆怎生詮釋
殘葉無法題詩
行吟的旅人啊

任溪水載浮吧
欲往何處
毋須問我

線裝書

獨行來到七十號的臨溪路
發現一冊被遺棄的線裝書
猶擺動風騷勾引著我
脫落殘破的可愛面目

疼惜你日曬雨淋苦楚
更無懼紛紛擾擾年度
緊緊地摟入懷中
款款地深情相顧

曾經風風光光善本收藏
被賤踏的如此丟人現眼
亙古不變的子曰子曰
歪歪斜斜的圈圈點點
啊呀！不學無術的狂徒

原因逐漸逐漸地浮現

透視

九月的陽光
不時地透視
透視磊落心房

若是放懷御風
歷歷江山如畫
休休偉業豐功

空談對酒能高歌
臨鏡兩鬢已先斑
外雙溪水潺潺流過
藍天幸有白雲相伴

獨對紗帽山

在夕陽餘暉下
在重山縹緲間
在雨橫風驟裡
在霧飛雲起時
一切一切
都蘊含大自然哲理
獨對翠綠的紗帽山
能銷胸中幾許愁煩

過嶽麓書院

嶽麓山下
莊嚴的千年古書院
斗大字體
瞻望令人油然生羨
培育無數楚材
儒道果真南來
毓秀靈氣

生生不息

已染重症的臺灣高教
神仙出手恐也難救了
失序的教改如非典病毒
純樸的校園成戰場殺戮
失焦的教學評鑑
彷彿伊波拉蔓延

決策者自詡為是
附和者奉為聖旨
學術殿堂氣息將斷如縷
師生磨合彼此相安無事
台上自彈自唱隨心所欲
台下滑手低頭無拘無束
生曰我不犯你你不犯我
師道且走且戰且戰且走

忝列上庠
斯道不揚
哽咽無語
徘徊不已

2016 見初雪

冷氣發山飆，敲窗冰霰嚻。
開春獻初雪，驚艷弄寒條。

草山夜遊

登高臨秀嶺，山月弄春風。
花影時時有，良宵轉瞬空。

晨起

一樓座落千秋地，盡覽陽明山勢寬。
曦日東升最耀眼，霎時雲彩出峰巒。

問梅

紅瓦白牆寄此身，無心無夢困風塵。
夕陽西下橫斜影，惹得騷人筆墨新。

鳳公追思會余客武漢賦詩懷之

明知息勞苦，忿忿意難陳。
萬里送公去，一生憐我頻。
天堂增俊逸，學界益窮貧。
歲暮朔風緊，楚天哀故人。

山居歲月

歲月成吾老，浮生幸抱孫。
酒能澆壘塊，詩莫吐真言。
養拙非無策，忠心即有冤。
山居幾多事，行坐數黃昏。

賀馬英九 2008 年高票當選總統

一馬蕭蕭萬馬鳴，千軍強渡大功成。

雲開已見玉山景，霧鎖難封臺海情。

國事如麻毋眼亂，人言似水莫心驚。

大刀闊斧真除弊，公義先行答眾生。

步韻羅時進教授仲春重歸東吳

欒樹黃花幾度開，路旁新綠是寒梅。

知君孤夢隨風去，麗影雙溪乘夜回。

斑白相逢來寶島，青春講論上蘇台。

燈闌賞景半山好，同醉詩香無限杯。

附：羅教授仲春重歸東吳
感賦並謝清雲伯謙諸位先生

榕樹蔭濃苔徑開，歸情尤在昔時梅。
遙遙孤夢隨風去，汩汩雙溪乘夜回。
揖手相逢感契闊，正襟講論怯虁臺。
燈闌窗外流光遠，醉影素屏還滿杯。

天台行

仙人不見古剎寂，秋草秋風傷我情。
蕭蕭飛瀑石梁下，溢溢水珠悟死生。
千年古木護古寺，百歲光陰虛有名。
越王在時幾回望，富貴貧賤同一塵。
山中羅漢雖無影，林下撲鼻芬多精。
況乃偷閒自飽足，師生扶攜緣溪行。
人生在世應如此，短歌無窮日漸傾。

黃坤堯 簡介

淡水天元宮賞櫻

黃坤堯，1950 年生於澳門。國立臺灣師範大學國文學系畢業；香港中文大學哲學碩士、哲學博士。香港中文大學中文系教授。現任香港能仁專上學院中文系教授、聯合書院資深書院導師。除教學工作外，主要研究聲韻訓詁、語言學、古典文學、現代文學等。

學術著作方面，已結集者有《新校索引經典釋文》、《經典釋文動詞異讀新探》、《音義闡微》、《溫庭筠》、《詩歌之審美與結構》、《香港詩詞論稿》等。

在寫作方面，著有《舟人旅歌》、《清懷集》、《書緣》、《翠微回望》、《一方淨土》五種，包括現代散文、新詩、書評等。詩詞集《清懷詩詞稿》、《沙田集》、《清懷詞稿·和蘇樂府》、《清懷三稿》、《並蒂詩香》（合著）、《並蒂詩林》（合著）等。

文獻整理有《劉伯端滄海樓集》、《番禺劉氏三世詩

鈔》、《繡詩樓集》三種。合編《香港舊體文學論集》、《大江東去——蘇軾〈念奴嬌〉正格論集》、《香港名家近體詩選》、《餘事集——中華當代教授詩詞選》等。

近撰導讀及譯注《古文觀止》、《古文觀止精讀——中學生必讀文言文》二種。

多年來致力推廣詩詞寫作活動，除了擔任「全港學界律詩創作比賽」、「全港詩詞創作比賽」評判之外，近年還籌辦「穗港澳大學生詩詞大賽」、「粵港澳臺大學生詩詞大賽」、「中華大學生研究生詩詞大賽」等。

沙田廣場的杜鵑花叢

洽川關雎洲，背倚黃河

西藏巴松錯是一片高原雪峰圍繞碧綠的湖水

· 詩 論 ·

· 清懷詩頁 ·

· 清懷詞錄 ·

《花開並蒂》創新詩教理念

一　《花開並蒂》創新詩教理念

　　近年臺灣詩壇上流行一種新舊共融的表現，出版了《花開並蒂》、《並蒂詩花》、《並蒂詩風》、《並蒂詩情》、《並蒂詩香》、《並蒂詩林》的系列著作，已有六種。每冊收錄作者四人或六人，總計周策縱、王潤華、徐世澤、邱燮友、胡爾泰、徐國能、顏崑陽、張健、徐德智、許清雲、吳東晟、陳永正、黃坤堯、張夢機、潘麗珠，共十五人。所謂並蒂者，一般要求作者兼擅新詩、舊詩，個別作者除外，例如王潤華只有新詩，張夢機、潘麗珠只錄舊詩。其後各家更附一、二篇詩論，或為專著，或為讀詩學詩心得，交流寫作經驗。古典現代，雙花並放，兼顧創作和理論，更是另一種並蒂的表現。在近世詩歌著作，自屬別開生面之作。這是創新詩教的理念之一。

　　《花開並蒂》系列主要由邱燮友教授負責主編、撰序及約稿，充分展現邱氏推動詩教的雄心和理念。邱老師〈《花開並蒂》序〉指出「詩歌的意涵與時代俱進」云：「然而隨時代的演進，舊詩稱為『傳統詩』或『古典詩』，新詩稱為『白話詩』或『現代詩』，已各自發展，不再排斥，由於多元化的時代，這兩種詩體，已相互融合，並駕齊驅，不再攻伐，並彼此相互尊重，均為中華詩學的重要主體。」又論「詩歌的多元化與世界觀」：「今日的詩人都具有本土性和世界觀，他們創作

的詩歌，也具有獨特性和多元化。」[1] 在體製上泯除了新、舊之爭，進而強調詩人必須兼顧本土特色和普世情懷，消除狹隘的國族觀念，走向世界。換一句話說，好詩是無分古今中外的，端看作者的想法和意念，寫出性情。

邱老師〈《並蒂詩花》序〉云：「我們把中國的古典詩和新詩融合在一起，擴大中國詩歌的視野，開拓中國詩歌的領域。」「表面上我們這一群詩人，以為是學院派詩人，其實我們是一群深入社會低層生活的詩人，關懷的是人性的尊嚴，民間的現象和疾苦。」[2] 可見詩人並不是躲在學院高貴的象牙塔下，而是活在社會，活於當下，關注人性尊嚴和民間疾苦。邱老師〈儒家古典詩學的新思維〉：

> 詩是人類心靈深處奧秘的紀錄，詩人便是心靈工程師。在兩千五百多年前，孔子提倡詩、書、禮、樂教化弟子，在詩教上，建立了溫柔敦厚，興觀群怨的寫實、諷諭的精神，各代詩人，將人生百態和遭遇，寫下無數的詩篇，隨時代的文藝思潮演進，創造了不少新思維的詩篇。其主要精神，便是發揮人性的本色，發揚仁愛的美德，以及關懷民間疾苦的懷抱，以達天人合一的崇高理

---

1 邱燮友（1931-）：〈《花開並蒂》序〉，《花開並蒂》（臺北市：萬卷樓圖書公司，2009 年 3 月），頁 2、3。

2 邱燮友：〈《並蒂詩花》序〉，《並蒂詩花》（臺北市：萬卷樓圖書公司，2010 年12 月），頁 2、4。

想。[3]

可見無論新詩、舊詩，最後必然會跟源遠流長的中華詩學融為一體，發揮人性的本色，表現仁愛的美德，關懷民生疾苦，嚮往天人合一。

　　邱老師又主張詩學的四度空間及海洋詩學，論云：「近來倡導詩歌穿越第四度空間，以及海洋文學等作品。愛因斯坦將點、線、面構成的三度空間，乘上時間，便是無限遼闊的第四度空間，在文學上如神話，志怪，前生來生，神鬼靈異，以及想像或虛擬的世界。」[4] 在〈穿越時空進入四度空間的文學〉中，邱老師認為：「〈木蘭詩〉和〈桃花源記〉都是屬於虛擬世界的故事，應屬於第四度空間的文學。」而白居易〈長恨歌〉中「臨邛道士鴻都客」入海尋找楊貴妃的魂魄一節也有這方面的傾向。論云：

　　　　二十世紀以後，自然科學和科技文明，獲得突飛猛進的發展。然而文學也得到自然科學和科技之賜，由平日寫實的文學，發展到第四度空間的文學，人類發揮高度的想像力，延伸出無限創意的文學。本文僅就文學發展的歷史軌跡，再往前探討新文學的趨向，歸納出神話與寓言、游仙與志怪、虛幻與虛擬、懷古與情色等八大類文

3　　邱燮友：〈儒家古典詩學的新思維〉，《並蒂詩花》，頁83。
4　　邱燮友：〈《並蒂詩花》序〉，《並蒂詩花》，頁3。

學，都與第四度空間的文學有息息相關的存在。由於人生的歷煉，生死的無常，激發出穿越第四度空間的新文學，跳脫出原有三度空間的寫實文學，給文學帶來創新的力量和希望。[5]

指出四度空間文學的八大發展方向，豐富詩歌的表現能力，顯出創意。至於海洋詩學走出本土，面向世界，探索生命中不可知的神秘領域，拓寬詩人的生存空間。

　　邱老師〈儒家古典詩學的新思維〉倡導「詩歌題材的黃金比例」之說：

> 我們發現這些畫作，有所謂繪畫主題黃金比例（Golden ration）或黃金切割（Golden scetion），也就是畫面的三分之二，為題材主題的所在，包括繪畫實質的所在，無論記事或抒情的畫面；另三分之一，為烘托主題的景物或天空，類似中國畫留白的部分。
>
> 詩歌的創作可以跟繪畫、攝影的黃金比例相仿照，成為詩歌創作、題材主題的安排。詩歌內容的篇幅與主題題材的部分佔三分之二，烘托主題的寫景或紀事只佔三之一。這種題材的處理方式，也可稱為詩歌題材的黃金比例。例如漢樂府的〈江南〉。全詩共七句，把「魚戲蓮

5　邱燮友：〈穿越時空進入四度空間的文學〉，《並蒂詩情》（臺北市：萬卷樓圖書公司，2011 年 12 月），頁 94、100。

葉間」一句，視為前兩句和後四句的媒介轉接句，教兒童辨別方位的兒歌。又如孟郊的〈遊子吟〉，全詩共六句，前四句寫遊子思念慈母，是詩歌主題的所在，後兩句盛讚慈母的偉大，襯托全詩的主題。陶淵明〈飲酒詩‧其五〉「結廬在人境」，全詩共十句，前四句和最後兩句是詩歌主題的所在；其中，「採菊東籬下」四句，是寫景，是烘托詩歌的主題。詩歌的主題詩句佔六句，這也接近詩歌題材的黃金比例。」[6]

　　黃金比例說分析作品的結構，恰合尺度，結合繪畫留白的道理，讓人耳目一新，大開眼界。邱老師重視當代的詩論建設，豐富創作的理念，提供多元選擇，設想甚多，包括四度空間、海洋詩學、黃金比例等，這是創新詩教的理念之二。

　　徐世澤（1929-）醫生是《花開並蒂》系列著作的贊助人，捐助各期的出版費用。邱燮友〈《並蒂詩花》四家詩風〉云：

　　　徐世澤先生出身醫學，榮總退休醫生，他大半生在救治人們身體的疾病，但終身寫詩不竭，是在調適人們心靈的慰藉。它的詩歌如清末黃遵憲《人間廬詩草》，提倡詩界革命，把現世所見，所聞，所思，用口語入詩，反

6　《並蒂詩花》，頁 75-78。節錄。

映社會的現狀。他為人仗義疏財，《花開並蒂》、《並蒂詩花》的出版費用，全由他個人捐助。他也是位旅行家，遊歷全球六十四國，他是個世界觀的旅遊詩人。[7]

徐醫生在退休後（2005）才學詩寫詩，內容廣泛，親切明白，晚年珍惜光陰，新舊雙筆兼修，更為奮進。他也是一位旅行家，遊歷全球六十四國，也是具有世界視野的旅遊詩人。至於詩論方面，則有〈老樹新花並蒂開〉（2008、2010）；〈並蒂詩風韻味濃〉、〈我習作古典詩的筆記〉；〈古典與現代比翼雙飛〉、〈習作古典詩的方法〉；〈我對於七言古典詩的看法〉、〈習作七言古典詩的方法〉；〈新詩韻味濃〉、〈張夢機教授立說〉、〈習作七絕的方法〉。徐醫生跟隨張夢機（1941-2010）教授學詩六年，將老師口授的詩說記錄下來，加以整理及發表，彰顯學習的誠意，尤為珍貴。以身作則，更是推廣詩教的最佳典範了。

陳永正教授著有新詩集《詩情如水》、舊體詩詞集《沚齋詩詞鈔》等。〈詩論一則〉云：

　　新詩，生命在於「新」，絕對的新。形式、內容、意境都應該是全新的。那些所謂「向民歌學習」、「吸取舊詩精華」的贋品，在淵渟岳峙般傳統詩歌面前，顯得是

7　《並蒂詩花》，頁 3。案黃遵憲（1848-1905）著《人境廬詩草》，「間」字誤。

何等卑微可笑。新詩應努力探索，走出一條獨特的發展之道，它是屬於青年的，屬於未來的。舊詩，如同古琴、京劇那樣，是一種傳統，一種遺產，祇能原封不動地保持下來。一切形式上的「改革」都祇會害它。「詩界革命」的失敗，就是一個明證。詩魂，必須繫於國魂。沒有獨立的人格，沒有憂患意識，沒有自由思想，舊詩也就不可能保有生命力。新體，更須奇創；舊體，回歸古雅。新詩與舊詩應分道揚鑣而不是合流共濟。[8]

　　陳永正的詩論比較獨特，新詩要求全新，舊詩保持全舊，兩者分途發展，完全不要合流。陳永正不相信任何的改革和試驗，跟臺灣學者的詩學觀念，差異很大。不過，文中對詩魂、國魂，以至獨立人格、自由思想的肯定，則是新詩、舊詩所共有的期待，也是我們當代詩教的具體內涵了。

　　顏崑陽（1948-）教授詩論〈詩是智慧的燈——顏崑陽的詩學意見〉，指出「詩性心靈」的四種特質：存在感、觀賞心、同情心、想像力。認為「詩，是生命的存在方式、生活的態度、心靈的感覺。」[9]

　　《花開並蒂》系列詩學多途，尊重不同的寫作選擇和審美設計，甚至連平仄叶韻亦寬嚴不限，雅俗共賞，表現不同的風

8　陳永正（1941-）：〈詩論一則〉，《並蒂詩香》（臺北市：萬卷樓圖書公司，2014年2月），頁239。

9　顏崑陽（1948-）：〈詩是智慧的燈——顏崑陽的詩學意見〉，《並蒂詩花》，頁166。

格，各適其式，暢所欲言，這是創新詩教的理念之三。

二　當生命遇上詩詞

　　從天地的混沌中睜開眼睛，生命是一朵璀璨的花，欣欣向榮的，迎風招展。在一個成長的故事當中，青春就是最純真的美。青年人思想敏銳，感情豐富，興趣廣泛，尤富於探索精神。每一個人就像面對一個新時代新社會，有各式各款的人物，也有奇形怪狀的事情，複雜的國家社會，美麗的寰宇風情，五光十色，情景迷離，如果再加上一些個人的遇合，以至悲歡得失，在平靜的日子之外，往往無風起浪，也就構成內心世界壯闊的波瀾了。我們不斷的觀察世界，也在不斷的吸取資訊，此外，我們也會不斷的思考人生問題，希望能夠將自己特有的感覺表現出來，用文字，用聲音，用畫面，用動作，只要有適當的媒介，加上美的包裝，這就是生命了。當生命遇上詩詞，花上添錦，可能更是一個奇跡，充實人的靈魂，甚至在人生的旅途上留下鴻爪泥痕。

　　愛上詩詞，開始時可能只是偶然的遇合，靈光乍現，一見鍾情。後來逐漸發現詩詞之美，見證了風雨，雨過天青，可能就值得長相廝守了。在感性的激情過後，我們也不妨改從理性出發，細數愛上詩詞的十大理由。

　　　一　詩詞是一種審美的藝術。喜歡詩詞，往往就是陶醉於
　　　　　美的享受。美的享受會因應不同的人、不同的才性、

不同的品味而定，詩詞就是在眾多的藝術之中，因人而異，給我們提供多一種的選擇。藝術就像森嚴的天地一樣，表現一種永恆的秩序，從秩序中審美，而審美就是不斷的探索新感覺，樂在其中了。

二　詩詞是一種創意思維。表現獨特的個性，透過不同的試驗和多重的組合，創出新意，避免重複。詩人的彩筆跟上帝創造天地一樣，無中生有，顯出神力。閱讀詩詞其實也是在積極的培育想像力，帶領心靈馳飛。

三　詩詞是一個豐富多姿的感情世界。人的世界充滿了悲歡離合，無論讀者或作者，其實都可以透過詩詞交流感情和經驗，超越時空的局限，破除隔閡，而永恆也就呈現在眼前了。

四　認識現實社會，凝視與聚焦。詩詞跟現實人事息息相關，所謂主題，所謂內容，經過聚焦處理，往往會形成重心，構成人類的歷史。

五　批判的思想。詩人感情真摯，思想深刻，而且一定會有獨特的觀點和看法。中正和平溫柔敦厚可以是一種取態，而壯懷激烈批判現實則是另一種表達方式，各適其適，互不矛盾。讀者欣賞詩詞，往往正是欣賞一種個性，一種思想。

六　充實生活，顯出意義。現代社會遊戲的種類繁多，聽歌打機，可以供人作多元的選擇和消遣。詩詞其實也是一種語文遊戲，填字遊戲，可以表現不同的組合和

意義，不必陳義太高，通過遊戲中的閱讀，自然進步，精益求精。

七　天人合一，純粹的心靈感覺。人的生命十分短暫，軀體更是脆弱，但我們豐富的心靈感覺卻可以透過詩詞垂之久遠，容易記憶和保存。古人的名作具在，足以顯示生命的神聖和莊嚴，天人和合，凸顯不朽。

八　詩詞與中華文化的傳承。詩詞是中華文化藝術中的珍品，具有獨特的音響和美感，琅琅上口，言簡意賅。人以詩傳，詩以人傳，相互為用，人與文化自然就緊密的融為一體了。

九　詩詞與語文訓練。這是從比較功利的角度出發，在白話文之外，可以提供多一種的組合和思考，融和古今，神魂離合，豐富表達方式。

十　從有限到無限，探索一個不可知的領域。詩詞的世界深不可測，沒有終極，可以有無盡的表現方式，日新又新。江山代有英才出，我們可以隨時的參與和創作，自由進出，提升心靈意境，建設新一代的中華文明。

對於現代人來說，詩詞可能是一個遠古的世界，其實也是一個很現實的世界，古人和今人之間，有時距離很遠，有時又很接近。如果認識多了，慢慢就會變得親切。而且古人的思維和技巧也不見得一無是處，加上文化的傳承細水長流，到處都是經驗的積累，智慧的結晶，倫常日用往往就在最平凡的生活

中顯現出來，原來竟是血脈相連的，不必刻意求深。因此，我們如果有幸接觸到詩詞，更有幸對詩詞產生興趣，有些感覺，進而希望自我提升，表現對文化的承擔，那麼寫詩填詞可能就是一個很好的選擇了。學習詩詞，有時隨意選讀，怡情養性，不求甚解，固然十分寫意。但是學得其法，注重學習的效益，有所提升和進步，可能更是現代化的管理經營之道，而端在讀者之善擇了。

三　詩歌的和諧說辯證

　　二〇〇六年澳門中華詩詞學會的研討會以「弘揚中華詩詞藝術，承傳和諧社會精神」為主題，上一句是對詩歌藝術的期望，這是時代的使命；下一句蘊含政治的寓意，配合當前的形勢，建設和諧社會，彼此關懷，減少紛爭。目前國家面臨一片盛世的好景，國力全面提升，經濟持續繁榮，民族的自信心更是空前的高漲，鴉片戰爭以來的晦氣霉氣一掃而光，漢唐盛世彷彿重現，「萬國衣冠拜冕旒」的壯麗場景，時時都可以在電視的畫面中浮現。可是這兩句話放在一起的時候，卻有一種不大協調的感覺，甚至有些矛盾，因為傳統中華詩詞中所傳遞的不盡是「和諧」的聲音，《詩經》美刺互見，[10]　《楚辭》的香

10　〈毛詩序〉云：「情發於聲，聲成文謂之音。治世之音安以樂，其政和；亂世之音怨以怒，其政乖；亡國之音哀以思，其民困。」（經籍引文根據通行的版本，不逐一注明出處，下同）

草美人和漢魏樂府更明顯地多的是怨詩了。[11] 所謂詩歌中「承傳和諧社會精神」之說，實在值得我們深思和探索。

「和諧」訓為和睦協調，原屬兩個單詞，都是描寫音樂的術語；其後成為複詞，也就帶出中和的意義了。《說文》云：「和，相應也，從口，禾聲。」又云：「諧，詥也，從言，皆聲。」也就是眾聲相和之意。《書‧舜典》：「詩言志，歌永言；聲依永，律和聲。」孔傳：「謂詩言志以導之，歌詠其義以長其言。」孔穎達疏：「聲依永者，謂五聲依附長言而為之，其聲未和，乃用此律呂調和其五聲，使應於節奏也。」又云：「八音克諧，無所奪倫，神人以和。」五聲指宮調宮、商、角、徵、羽；八音則指樂器金、石、絲、竹、匏、土、革、木。《左傳‧襄十一年》稱晉侯「八年之中，九合諸侯，如樂之和，無所不諧。」《左傳‧昭二十一年》：「故和聲入於耳，而藏於心。」都是指入樂說的。至於《易‧乾卦》彖曰：「保合太和，乃利貞。」朱熹（1130-1200）《易經集註》云：「太和陰陽會合沖和之氣也。」《禮記‧中庸》：「發而皆中節謂之和。」《詩‧關雎》鄭箋：「后妃說樂君子之德，無不和諧。」引申又指德性修養，而「和諧」更是一種美德了。

社會和諧，以至世界和平，最好更是大同天地，民胞物

11　《史記‧屈原傳》：「屈平疾王聽之不聰也，讒諂之蔽明也，邪曲之害公也，方正之不容也，故憂愁幽思而作《離騷》。」又云：「屈平之作《離騷》，蓋自怨生也。」班固（32-92）批評屈原（340-278B.C.）「露才揚己」，也就是有太多不和諧的聲音了。

與，天下為公，自然都是我們所渴求的。可是人心險惡，爾虞我詐，世間上的壞事層出不窮，防不勝防，不能光靠幾句口號就能達到「致太平」的境界。詩人畢竟要保持清明的頭腦，明辨是非，不為社會的表象所惑。《論語·子路》：「君子和而不同，小人同而不和。」何晏（195?-249）《集解》云：「君子心和，然其所見各異，故曰不同。小人所嗜好者同，然各爭利，故曰不和。」朱熹亦云：「和者，無乖戾之心。同者，有阿比之意。」說的就是君子自持之道，跟小人有本質上的區別，一念之差，判若雲泥，絕不容許混為一談。因此在歷代的詩歌中，嚴厲批評社會時政的得失，例如李白（701-762）「君失臣兮龍為魚，權歸臣兮鼠變虎」（〈遠別離〉）、杜甫「朱門酒肉臭，路有凍死骨」（〈自京赴奉先縣詠懷五百字〉）之類，[12] 分別寫出了大唐盛世安史之亂前夕的變態，為民請命，大聲疾呼，其實這就是時代的使命、社會的公義所在，更是智識分子不可抗拒的宿命。含蓄一點來說，也就是「風雅」和「興寄」。[13] 至於韓愈（768-824）「大凡物不得其平則鳴」（〈送孟東野序〉），論文之道通於詩歌，更能鼓舞人心，成為永恆的思想指標了。又黃節《詩學》論陳師道

12　又杜甫（712-770）〈驅豎子摘蒼耳〉云：「亂世誅求急，黎民糠粃窄。飽食復何心，荒哉膏粱客。富家廚肉臭，戰地骸骨白。寄語惡少年，黃金且休擲。」參楊倫（1747-1803）箋注：《杜詩鏡銓》（上海市：上海古籍出版社，1962 年 12 月），頁 623。

13　陳子昂（659-700）〈與東方左史虬修竹篇序〉云：「僕嘗暇時觀齊、梁間詩，彩麗競繁，而興寄都絕，每以永歎。思古人常恐逶迤頹靡，風雅不作，以耿耿也。」

（1053-1101）詩云：

> 後山作〈顏長道詩序〉曰：「孔子曰：莫我知也乎。又
> 曰：詩可以怨。君子亦有怨乎？……情發於天，怨出於
> 人。舜之號泣，周公之鴟鴞，孔子之猗蘭，人皆知之。
> 惟路人則不怨，昏主則不足怨。故人臣之罪，莫大於不
> 怨。不怨則忘其君，多怨則失其身。仁不至於不怨，義
> 不至於多怨，豈為才焉，又天下之有德者也。」後山雖
> 論顏詩，然實則自論其詩之言也。雖然，平心而論，後
> 山之詩不能謂之不多怨，喜其多怨而不失身耳。觀後山
> 卻章惇之見，以至終身不用；卻趙挺之之裘，以至受寒
> 而死，是豈少陵所能為者。故有後山持身之義，則詩雖
> 多怨而無害，否則歎老嗟卑，其言愈冷，其中愈熱，鮮
> 不至於失身不止，是未善學後山而得其害矣，害不僅在
> 文字而在性情矣。性情之失，而身名隨之，比比又皆
> 是，吾實有所見而言之。欲以救今日學後山之失者，此
> 非小故也。[14]

黃節這一段話表面是論詩，其實卻是有感於世道人心而借
題發揮的。黃節欽佩陳師道，借「詩可以怨」一句，肯定作品

---

14 黃節（1873-1935）《詩學》，原刊 1922 年北京大學出版部鉛印本，今據張寅彭
（1950-）主編，楊焄（1976-）等校點：《民國詩話叢編》（上海市：上海書店出
版社，2002 年 12 月），頁 506-507。

的道德力量。可見「怨」批判時代，更能彰顯社會的公義。「不怨」就是無動於衷、麻木不仁了，也就是向社會的腐敗現象屈服。不過，「怨」也要有所節制的，不能「多怨」，一個人生活多怨，很易容就會為名為利而出賣自我，守不下去，也就是「失身」了。陳師道一生窮苦，但總是堅持個人的理念，睥睨權貴，情願凍餓而死，自視甚高。他的詩寫出了平實的內心世界，絕不花巧，絕不賣帳的。如果寫詩只是歌功頌德，討人喜歡，對社會的黑暗面視而不見，缺乏是非判斷，這可是「和諧」的真義嗎？

司空圖（837-908）《詩品》列出了雄渾、沖淡、纖穠、沈著、高古、典雅、洗煉、勁健、綺麗、自然、含蓄、豪放、精神、縝密、疏野、清奇、委曲、實境、悲慨、形容、超詣、飄逸、曠達、流動二十四目，也就是詩歌的主要風格，可就是偏偏沒有「和諧」一項，可見「和諧」並不是詩歌表現的重要手段。「和諧」的本義原是指音樂方面協律說的，就是要協調不同的五聲、八音等，以至上通天地鬼神，「神人以和」。那麼，詩中的「和諧」說可能就只有叶韻平仄的意義，要求音調諧暢。杜甫說：「晚節漸於詩律細」、「律中鬼神驚」，[15] 探究聲律之道，深入到一種幽微的境界，而高者自然更是通於神明了。

「和諧」固然是我們對國家社會的良好祝願，但還得看施

---

15 杜甫〈遣悶戲呈路十九曹長〉：「晚節漸於詩律細，誰家數去酒杯寬。」〈敬贈鄭諫議十韻〉云：「思飄雲物動，律中鬼神驚。」《杜詩鏡銓》，頁 740、745。

政的得失，以及整體的社會環境及世風習俗，相互尊重，自然達至。文字學上「和」訓相應，「諧」从皆聲，人人皆有所言，暢所欲言，聆聽異己的聲音，在批評中進步，才是彰顯真正的詩教精神、表現健康之美。

並蒂詩教

詩是生活教養
不學詩，無以言
學習人際交往相知
應對進退，民情習俗
多識鳥獸草木蟲魚
促進生命的思考

詩是心理氣質
思入毫芒天地間
悠然見南山
池塘生春草
自然都是生機勃現的
見證不朽的存在

詩是體驗創意
從無到有，指點江山
沒有複製的樣板
沒有疆界的世代

跨越星際，從太陽系飛向銀河
宇宙的終點停在哪裏？

詩是宗教關懷
可以安身立命的自我天地
面向悲憫的悠悠彼蒼
仰望星空，心中富有
擺脫虛妄的世相
從不斷的流轉中普渡一葉扁舟

29,3,2016

小燈泡

「這裏的風景好美
這個世界好漂亮」
小燈泡端著水果
在臥榻上眺望窗外，回顧
短暫而又圓滿的生命
坐飛機去迪士尼
到花蓮掃墓，跟幼幼班
及共學的小朋友留影

四個孩子構築了濃濃的
愛的樂園，多謝您
勇敢而又美麗的媽媽

命定中遇上了殘暴的國王
煽動瘋狂和愁恨
以暴戾戳破完美
困在黑洞中永不自拔
留下了無休止的爭論
天地不仁，善惡對決

小燈泡帶著愛來到人間
也帶著愛離開了
澆灌了這個美麗世界
瀟灑地展開燦爛的笑容
還有三天就要超渡四歲生日
在復活節翌日的早上
教人感悟莊嚴的生命
救贖普世脆弱的心靈

2016.3.31

遇合

親，其實你長得真心不錯
只是比你長得漂亮的人更多而已

神秘的遇合
渴望找到另一半的靈魂
貼著水面
讓身軀和影子融為一體
等待一輩子
上下千年
為了一刻體貼的銷魂
親，認命了

8,8,2014

穿過

打傘的女孩從橋上走過
雙鶴在江面滑翔飛舞
橋下的小船穿過

渡吧，那人正在等你

8,8,2014

流星墜落

不肯安守軌道的流星
一生跌跌撞撞的，跟天外來客
在天際中擦身而過
閃燃亮麗的火花
然後墜落遙遠的深淵
朝著不同的方向

散落於南山的幽谷
回到古老的長安，聽平貴別窰
拋出的繡球誰可接住
身軀漸變得冰冷僵硬
青龍寺的櫻花盛開
等待的故事沒完沒了

2015.11.17

在生證明

航向彼岸的渡輪上
孤獨沈靜的長者
鮭魚逆水溯游
回到自己出生的河川
為了證明在生

我思故我在
這是在生最強烈的證據
由出生、在生以至往生
勘破了生死，冥思終日
原來活著，就已簡單地呈現出來

2015.12.28

盛世的煙花

衝天的火傘迎難而上
綻放出璀璨的笑面
彩色的花雨不斷散落

竟然構成 2015 年度代表字

emoji emoji emoji emoji

喜極而泣，哭笑不得

盛世的煙花劃破夜空

然後從容散落

幻化漫天的煙幕

渲染空氣中的霧霾

花非花，霧非霧

遊人散後，一無所有

2016.1.1

車公簽文

晨妝露彩鬢邊雲

玉佩珠顏錦似銀

車公將集體想像打扮成貴婦

錦衣玉食，環佩玎璫

香煙裊裊瀰漫

從麒麟的舞影中
觀音的真容示現
指出未來的願境

色則是空空是色
觀音曾勸世間人

不可貪心斷絕妄念
自身平平已是最大的回報
家宅平安分享和諧
更是最基本的渴求
二十中簽求財半遂
已經達成一半的心願
給別人留下餘地
揭出真正公平的智慧

10,2,2016

冥王星

哈迪斯普路托被摒棄於
太陽系的邊陲

人跡罕至的下界冥府

近來更被宙斯逐出家門

從九大行星中除名

切斷眾神的逆子

孤懸海外，浮沈漂蕩

在蒼茫星際中瀟灑遠去

福摩莎也是亞細亞的一坏荒土

從洪荒草萊中進入了

探險者的寰球視野當中

荷蘭明鄭大清日本

不斷的改朝換代

迤邐至於民國，迭經政黨輪替

強大的父親希望兒子認祖歸宗

在滾動的歷史潮流中誰可當家作主

1,3,2016

鴻溝懷古

我來到了滎陽的山頭

走進項王城的心臟裏去

黃河在東北方蜿蜒掠過
鋪滿了悠悠草綠的楚河漢界
烏鴉盤旋於蔚藍的晴空中
呱呱亂叫，叫人煩躁

對面的山頭蠢蠢欲動
漢軍晨炊中冒出了煙火霏微
前面隱約來了一名流氓皇帝
我射出了一枝毒箭
未來的漢高祖竟然倒下
哎呀一聲改變了歷史發展的方向
我挾著虞姬勝利凱旋
回到彭城錦衣夜行
八千子弟興高采烈的唱著大風歌
安得壯士兮守四方

3,3,2016

舞臺

人生似戲，戲如人生
每一組鏡頭

每一幅的畫面
從生活中流動
砌成了生活的豐盛
促進生命的想像

相遇於一刻的銷魂情味
嬌嫩的杜鵑盛開
那是不可輕觸的
三月的秘密，紛紛飄落
覆蓋著泥土前塵
在壯麗中黯然謝幕

2016.3.7

霧色

四面八方的濃霧
埋伏在暗角
與反包圍的天色中
刺穿了胎動羊水的
一層薄膜
脫穎而出

新生的胚胎
無始無終的世紀
嬌嫩的青春孤注一擲
杜鵑花神莽撞奔突
噴薄怒放，燃點
天地間的一點亮色

2016.3.11

潮家結業

店鋪打烊了
客人散席歸去
在瀝源的逆旅中
這是中途路過的休憩站
三十載的光陰流淌
我們都是結伴的過客
從無常中走來
滾滾紅塵而去

曾經痛飲過敦豪的盛世
喝光了拔爛地，跟著就是

一杯一杯的生啤酒不醉無歸
吐出了風雲意氣，
舌燦蓮花，面紅耳熱
甚至不知所云了

一魚一豬鋪滿了圓桌
深海中最後的一條蘇眉
轉世變成了受保護的海產
党魁躺在渴睡的車廂中
丟失的金縷鞋有勞美人
檢拾，扶上瑤梯尋夢

劉勰撰著文心雕龍
卻愛上六七斤的大龍蝦
訓詁會長吸納皇帝蟹的靈氣
在官場上扶搖直上，呼風喚雨
遠方的表妹在歲暮中珊珊來遲
只能烹製羊腩煲
油鴨芋頭，加上炖湯
留下舌尖上最後的一點鮮味

28,3,2016

毋忘我

在園圃的一角散佈
伸開雙臂展翅翩飛
杜鵑爭艷盛開之後
粉藍紫白的蝴蝶
陽光燦爛遍灑金輝
照見內心蜿蜒的紋理
陪襯閨秀小姐遊園
帶著泥土中倔強的生命力

記得您們幾個堅韌的名字
有拷紅中不屈的紅娘
鬧學裏俏皮的春香
牆頭馬上機敏的梅香
還有燕燕鬧婚俏妮子調風月
丫環嘴甜舌滑逗人歡喜
一種最真實的貼心感動
風塵掩映中的：毋忘我

2,4,2016

清明

達達的馬蹄紅塵滾滾
跨過漢唐盛世
海晏河清春秋大夢
飛越古老的長安
享受寧靜的清明節

日暮漢宮傳蠟燭
輕煙散入五侯家

隔江遙奠，散處於
思親園路上孤獨的靈魂
三代同堂宛然一家
明知一切不可復得
只是強行留住歡聲和淚影

擁抱當下，眼前人語
珍惜一刻存在的真實

4,4,2016

超級黑洞

在宇宙稀疏偏遠的
銀河沙漠，渺無人煙
僵臥著一匹孤獨的巨獸
兩個星系互相吞噬融合
質量比太陽還大一七〇億倍
距離地球二億光年
盡是誇張的天文數字
凡夫俗子望塵莫及

生命本身也是無底的黑洞
吞滅了無限的資源
更侵蝕了悠悠歲月
兩棵樹幹相互擠壓
融化之後隨之而老化
一匹孤獨的野狼，天機
沈澱於內心深處的
盡是不甘和無奈，深不可測

2016.4.9

幻光

凭著我家的陽臺眺望
海面上雲霧瀰漫，飄浮
夜色泛出不同的光束
映照萬千星輝
孤懸一輪皓月，延伸
華麗過後的希望和想像

星際刺眼的藍光
碧海青天，夜寒如水
永利金壁輝煌
打造出黃金城堡
美高梅彩蝶紛飛
伴奏淒美的梁祝樂韻
新舊葡京高下互見
不斷的變臉換妝，閃爍爭輝

豪華酒店的夜色漸趨平淡
明知道都是不真實的存在
一生中反覆的追追趕趕

奇妙的神采永不言悔
化作海市蜃樓，太虛幻境
以至遁入無邊的苦海

2016.4.11

木蘭花令　乙酉平江午宴聽土娘歌

湘南佇聽民歌手。秋月圓圓雲幕透。瑤池仙子謫凡間，款
擺西湖千萬柳。　　百花釀蜜春醪就。脈脈含情迎粉袖。
有緣鸞鳳夜飛來，一曲深盃無量壽。

浣溪沙　丙戌長安春意和魏新河韻二闋

二月春風暗雨時。長安市上柳如絲。相逢清夜語依依。
　　急鼓繁弦催酒令，浮紅漲綠飲花詩。十年人事捲漣
漪。（其一）

二月柔條綠漸工。杏花零粉展春容。枝頭翠鳥兩情濃。
　　蜂蝶無心芳意拙，蛾眉凝睇玉釵風。可憐桃李太匆
匆。（其二）

玉堂春　瓦舍和沈秉和韻

羽衣披罩。縹緲霓裳春覺。月曉鶯嬌，瓦舍霜濃。畫閣幽
窗，玉砌雕闌在，一曲沈娘歌板中。　　最是濠江古道，
浮生燭影紅。婦唱夫隨，樂事誰家院，雲上仙韶入爨桐。

南鄉子
丁亥夜飲廣州中山大學康樂園和韋金滿韻

擊節碎銀牙。一曲韋郎蝶戀花。康樂園中同把酒，歡誇。
醉眼朦朧你我他。　　星月冷橫斜。閒話憑添樂事些。貪
夜塵牽濠海去，江涯。盛會無常亦可嗟。

菩薩蠻　戊子八月和沈秉和速遞茶葉月餅韻

蘭花香沁玲瓏月。瑤池影綴清光雪。珍味鐵觀音。湘蓮煙
水吟。　　秋槎浮古渡。縹緲籠雲樹。瓦舍倚新腔。玉臺
金鳳凰。

浣溪沙　後紅橋雅集未赴和王漁洋韻三闋

遙挹清詞一脈流。湖山澄日映高秋。漁洋風物憶揚州。
　名士唱酬佳麗地，紅橋覽勝古今愁。繁絃急管會高樓。
（其一）

一水盈盈泛翠橈。長堤春柳五亭橋。秋風愁起更誰銷。
　到處園林蕃錦豔，舊時懷抱綠波迢。眼前人物煥新潮。
（其二）

一代風流仰大家。幾回來拜駐香車。新詞同唱浣溪沙。
　愧未追隨淮左去，飛雲馳駛潤揚斜。鍾情天地燦瓊花。
（其三）

玉堂春　己丑春日奉和沈秉和寄贈龍井韻

玉堂歸燕。掩映浮光凌亂。月滿盧園，百載重來。渌水迴
瀾，豔曲迷紅調，一片飛花綴翠苔。　　絕色翁家山下，
春芽龍井佳。芳訊年年，感子纏綿意，縹緲幽香入我懷。

木蘭花慢　己丑西湖

繞湖堤四月，乍初一、晚風涼。蕩渺渺波光，湧金橋畔，前路悠長。逢逢。看花舫過，儘茶甘酒洌樹含樟。長髮柔條拂水，韶華如幻紅香。　翱翔。山海相望。春不老，意難量。有宇內飛星，盈盈佇立，飄降身旁。堪當。載鶯燕羽，燦流霞寶石暗雲藏。法曲霓裳舞袖，噴泉流動宮牆。

鷓鴣天　奉和吳榮治邀飲日航酒店桃李廳

漠漠長天水一方。清談湖海掬心香。日航桃李春花豔，月旦風雲秋氣涼。　呼儔侶，拓吟疆。持螯把酒挹流光。相逢此夕須沈醉，金菊寒凝橘柚黃。

生查子　上海詞學研討會作

唐宋好時光，世紀芳菲節。遙拜北山樓，詞學應難別。五世結同心，百載情如鐵。八月桂香飄，一片溶溶月。

臨江仙
奉和周荐澳門語言文化研究中心揭牌有感

情繫華洋鹹淡水，回歸十載萌芽。多元姿采總無涯。清歌曼舞，蓮座步生花。　　語言接觸開新境，理工高會浮槎。英葡普粵叶仙琶。源流本末，旭日湧晴霞。

相見歡

毛稔換了蓮花。綻奇葩。樂見十年新貌煥江霞。　　清霜雪。冰姿冽。漸萌芽。最好全民分享澤中華。

稔讀如甚切，上聲，訓稔熟；粵語毛稔、山稔俱讀 nim，高平調。毛稔多見於市郊山野，澳葡年代一度列為市花。

徐國能 簡介

徐國能，一九七三年生於臺北市，東海大學中文系畢業，臺灣師大國文博士，現任教於臺灣師大國文系。曾獲國內文學獎多項，著有散文集《第九味》、《煮字為藥》、《綠櫻桃》、《詩人不在，去抽菸了》、《寫在課本留白處》等；童書《字從那裡來》、《文字魔法師》。

作者近照

·詩　論·

·新　詩·

·古　典　詩·

詩論

帶一首詩去旅行

打開初夏的窗子，藍天悠遠，白雲自在，金色的陽光穿過綠樹的葉隙，風一吹來便吟成一首動人的歌。世界還是一如往常，在奔忙與喧囂中時光匆匆，而我的心在這個時節，總是嚮往著無盡遠方，同時也帶著一些眷戀，想起多年前，那少年時代的好日子。

> 夏天的漂鳥，到我窗前來唱歌，又飛去了。
> 秋天的黃葉，沒有唱歌，只嘆息一聲，飄落在那裡。

我永遠記得翻開詩葉的午後，天空是多麼蔚藍，而那些詩句，像一串懸掛在窗前的風鈴，叮叮地敲進了我的心裡。

初讀印度詩人泰戈爾的《漂鳥集》是在十三、四歲的中學時候，煩悶的課業，沉重的壓力，生活總是無奈而讓人失望，世界沒有可喜之處。然而詩就像一條清淺的小溪，自然地流進了我的心裡，載著小小的意念，漂向了一個美麗的遠方。泰戈爾的詩總是那樣的簡單，但卻揭示了在這個讓人失望的世界上，永遠有潛藏的美好與探索不盡的真理，一如他所說：「有些看不見的手指，像閒逸的微風，在我心上奏著潺波的音樂」，有時我倚靠在教室的窗台上，微風吹來，我想起這樣的

詩句，似乎真的聽見了它在我心奏起的歌，那時我的心中總是充滿了小小的喜悅與神秘。

詩是什麼呢？這是我經常在思索的問題。翻閱《漂鳥集》，我發現詩不是故弄玄虛的語言文字，也不是矯柔造作的情感氾濫，而是對生活、對周遭世界的靜觀與自得，發現一草一木、一山一水背後所蘊藏的深意，並且細細品味在我們內心某種難以言喻的情懷，詩是教導我們看待世界以及認識自我的老師，而且優美動人。

我永遠記得中學畢業的那年夏天，我與同學來到植物園，站在初夏的蓮池邊，我可以想到：「露水對湖沼說：你是蓮葉下的大水滴，我是蓮葉上的小水滴」這樣的句子，而滿園盛開的花朵，又使我想起：「嬌嫩的花張開了她的蓓蕾喊著：親愛的世界啊，請不要凋謝」，或許喜歡化學的同學可以解釋露水與湖沼都由「水分子」所構成；或許喜歡生物的同學會解釋花的綻放是為了傳播花粉，綿延物種。但是對我來說，這樣的詩句提醒了我換一個角度看待世界，有時便能發現意想不到的美，讓我們被俗事攪擾得很厲害的心靈，暫時安歇。

因為這種美，我漸漸愛上了詩，也養成了讀詩的習慣與興趣，當然啦，有時難免遇到讀不太懂與不是很喜歡的詩，但是只要不灰心地繼續讀下去，總是能再次讀到心怡的作品。讀詩不宜貪快，有時我看武俠小說，兩三個鐘頭就能讀完厚厚一大本，但是讀詩，需要邊讀邊想，有時一行詩、一首詩，真可以想上好幾分鐘。而且詩可以反覆重讀，在不同的人生階段重讀

一首詩，所感所味，經常是完全不同的。

　　讓我再次為詩著迷的是《鄭愁予詩集》。鄭愁予是相當浪漫的詩人，他說：

　　　　那兒浴你的陽光是藍的，海風是綠的
　　　　則你的健康是鬱鬱的，愛情是徐徐的　(小小的島)

真是讓人懷想那是一個多美的世界。在《鄭愁予詩集》中，海洋、斷崖、草原、古城、小站……處處都是迷人的風景，風景中迷人的情懷。

　　從十四、五歲開始一直到現在，我不斷重讀這本詩集，書頁已經很破舊了，裡面的詩句卻還是像第一次讀到時，那樣深深打動我的心靈。年復一年，長長的暑假結束，涼涼的秋風將街道燻染成淺黃淡紅，我便想起：

　　　　一束別離的日子
　　　　像黃花置於年華的空瓶
　　　　如果置花的是你，秋天哪：
　　　　我便欣然地收下吧

「欣然」是一種詩的情懷，在被動的接受中，以淺淺的喜悅來享有人生，而這也正是讀詩的感覺，鄭愁予浪漫的文字很適合年少的心：

> 這次我離開你，是風，是雨，是夜晚
>
> 你笑了笑，我擺一擺手
>
> 一條寂寞的路便展向兩頭了　（賦別）

我總是在讀到此處時停了下來，回想那生命裡彷彿風雨的離別，誰說詩是很難懂的東西呢？至於「我從海上來，帶回航海的二十二顆星／你問我航海的事兒，我仰天笑了」這樣的詩句，真是瀟灑至極，我覺得浪漫和瀟灑是一體兩面的事，也是人生不可或缺的懷抱，過分計較現實得失，或是只看見事物是否有用的功利層面，雖然也是一種態度，但這樣的人生不免少了一點「趣」，也少了一點「味」。

　　畫家在作素描時，勒定了所畫對象大約的輪廓後，只以碳筆磨擦出光影的陰暗與明亮，而不作細部的描繪，保持一點曚曨感，以免整個畫面過於呆板。這個階段，就像詩一樣，在光與暗、有與無之間，帶著一點迷濛，一點神秘，一點耐人追索的況味。然而這並非脫離現實，仔細想想，我們在人生裡，大多數的情感都是這樣迷濛的吧！誰能肯定自己的內心無論是哪一刻都清晰無比的呢？所以我深深覺得讀詩是認識人生的一種方式，而鄭愁予的詩，尤其適合初讀詩的少年，當我們在少年時學會了「感動」，那麼我們一生將是何其豐足而甜美啊！

　　讀詩的好處真多，有時我與朋友師長討論如何鍛鍊寫作能力，我們發現從讀詩中培養譬喻的能力，是提升寫作能力的捷徑。一個好的譬喻，必先洞察事物的本質，然後通過聯想，找

出類似這個本質的另一樣事物來作說明，這其中又包括了文字的運用與美感的建立等藝術的經營等，而觀察、聯想與藝術經營，其實就是文學的本質。在諸多詩集中，《唐詩三百首》也是值得仔細品味的好作品，它是浩瀚唐詩的精粹，代表了傳統文化的溫柔與抒情。閱讀文學，不必拘泥於古今之分，因為人的情感也是不分古今的，而古典文學，無論在文字淬鍊、意象塑造或譬喻營構上，都是相當值得借鑑的，多讀古詩，極能涵養我們寫白話文的筆力，這就是古人說的「汲古潤今」之意。

初夏是讓人沉醉的，倘若輕輕將詩的美麗放進的心裡，當我們再次睜開眼睛，天還是那樣的藍，世界還是那樣夐遠，但你一定會感到某些細微的差異，透過詩，你會慢慢進入一個美與同情的世界，慢慢感到一種燦亮，綻放在幽深心底。

聲音

我把自己隱藏在聲音裡
我把聲音隱藏在獻給妳的事物裡

晴朗如年少的夏日，遼闊的安寧
微風吟誦史蒂文森〈小風琴〉詩篇
午后鐘聲淡成睫上微光
無垠的心啊！
選擇了緘默在妳的沉落萬物的眼底

陰沉如晚年的冬夜，寂靜為生命輕覆薄紗
火爐邊也許有我風霜的一生
那曾對秋晚蘆荻演說
與月下魔崖的雄辯的一生
如果有一根枯枝因為思念在火中折斷
細小的聲音便是我最後的結語

一些平凡的事物隱藏了聲音
聲音隱藏了我，我想——

就像月亮為了藏住夜空而玲瓏，海浪
為了掩飾遠航而遲疑行跡
因此孩子的童謠歡唱與鈴鼓洋溢
應該可以是一個厚紙箱
永遠藏住了我

我把自己隱藏在各種聲音裡
咖啡壺滾動是昨日的浪，按下門鎖
如釘上一枚釘子
如今久已懸掛梵谷失耳後的凝視
妳當見其華麗之色而無聞於思念寂蕭

於是我把聲音打圓、磨光
讓瓷器般的詞彙
盛裝濃霧漸起的時刻
也把聲音植種在前庭，待妳行過
開出淡紫或嫩黃的秋天
或是旋轉成窗邊彩色的風車
喚起誰的夏日的廣場
誰的哀鴿流連？

是的我把聲音寄存在妳第一次親吻的雨裡
冰冷的，細瑣的，聖潔而渴慕的時刻

那是讓妳聽見，或是
遺忘，我

代溝

下雨的時候，我們隔著一條河
你在那邊輕輕唱，蒼涼憂鬱的冬天
你的心慢慢愈走愈遠，依稀記得那就是我的從前
白雪將我落成一棵老去的樹
在你無言，無語，無所謂的另一邊
下雨的時候，我們隔著一條河
讀著你沒有寫來的信，蒼涼憂鬱的冬天
我的心逐漸成為字跡，乾涸在被你遺忘的那一年
陽光將你鍍金成我昨日的夢
漂流在雲，在煙，在我曾安居的那一邊
多麼希望音樂的橋，像鳥
能自由地穿梭於時光緩慢的無聊
像針線慢慢縫起，被歲月裂傷的擁抱
啊！就是那音樂的橋，蕩漾成波光裡的微笑
聽一個和弦，像一場雨
同時落在你我的寂寥

人生

為一間空虛的房舍裝潢布置
添購傢俬，然後日日安居
為一個純真的孩子養育教導
建立觀念，然後日日遠去
就像在一張破損白紙，寫滿
執著而憂患的文字，填充意義
然後永遠不再，不再
潔白
（雖然破損如故）
而這些你可以通通名之為
　詩

計畫

先有想法，接著蒐集資料
廣泛地討論再修改修改修改
然後在暗夜裡
細細用筆尖的光在髮絲上雕一個被禁止的夢

清晨當陽光聖潔地洗滌了昨夜

便產生新的想法

接著蒐集資料

廣泛地討論再修改修改修改

然後在愛欲裡

慢慢用眼睛在微塵上拍一部小清新的電影

當意外的客人來敲門

還來不及收拾的一切罪證

喝了一半的茶

也許可以提供一個孜孜矻矻的孩子

在一杯水的表面張力

蓋出他兒時樹上的小木屋

偶思

1.

黃昏幽暗走廊

手機照亮女學生臉上的光

一如世間真理

雕刻在銀色的湖面上

2.

時間在文字裡，五十支筆

在不同的時間搖曳

晚唐女子在等待

南國晚秋的落葉，飄到

我的閱讀裡

3.

如果我把這些筆畫連成一條線

今夜應該可以接通

在蠟燭與愛情裡幽幽明滅的北宋

4.

稻苗在四月的水田裡

一般地高，一般地綠

學生在教室的座位

寫心思於四月的格子上

一般地神秘，一般的無聊

芒果樹下的黃昏

讓我再陪妳散步 走過

芒果香滿的黃昏
炊煙在暮色裡寫下無韻的詩句
而我聽見一個大孩子
用羸弱的褐黃嗓音朗誦
關於我們的詩

曾經我們坐在這裡老去，曾經
坐在這裡等待年輕
曾經妳是我的小女孩
看見一片葉子枯黃又嫩綠

讓我陪妳散步　走滿
薩爾瓦多石級的回響
那時我們將指印按在樹上，許諾
一枚果實就在秋天成熟了
像時間的見證，像上帝吻過丁香
肉桂與鼠尾草的國度是如此恩典奇異
我們的文字從不曾老去，愛情
每一次乾季來臨都在詩裡滋長

當暮色讀盡了那些炊煙
且讓我再一次陪妳　穿過
鳥聲啁啾的愛情

我們曾一起在暴雨中的小屋裡點亮一盞油燈
如今墓碑上也沒有名字
而夾在書頁裡的不是遺囑
嘉泰，我們的詩
巴依亞省的草原、密林與
水果酒
就埋在滿地的落葉中

註：巴西作家阿馬多出生於巴依亞省的薩爾瓦多市，其書被譯為
　　五十種語言，其中對此地常有描述而使巴依亞聞名於世。阿
　　馬多與妻子泰嘉（亦為作家）生前常在芒果樹下共度黃昏，
　　阿馬多之骨灰亦灑於此樹下，其遺囑云：「當大限來臨時，
　　我想要在果園的這一角安息」。《蓋布瑞拉、丁香與肉桂》
　　(1958)為阿馬多早期重要作品之一。

夏天・秋天

風問葉子是否愛他
葉子含羞搖頭不回答
葉子問蟬夏天有多長
蟬匆忙地說：急急急

蟬問白雲遠方有甚麼東西

白雲變化成各種圖案

白雲問風為何變得冰涼

風說他想念小女孩的藍毛衣

風問蟬為何不再高歌

蟬疲倦地說他的歌已經唱完

蟬問葉子為何變黃

葉子嘆息了一聲飄落在地上

葉子問大地是否愛她

大地沒有回答

他仰望了一整個夏季，如今把一切

輕輕收藏在他的心裡

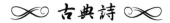

東海憶舊

樹猶如此爾何堪，廿載重來世味諳。
獨步萋萋故園道，誰將笑語對風談？

其二

迴廊依舊照斜陽，往日輕愁幾許長。
數遍欄杆如夢裡，當時只道是尋常。

其三

小樹繁榮去後栽，春秋燕子幾回來？
文章草草浮雲事，學術蕭蕭冷月杯。

其四

上帝恩慈為我深，細思舊約愛知音。
清歌猶在還追憶，似水年華昨日心。

題照

芒草西風景況殊，紅塵有道未荒蕪。
誰來吟詠蒹葭曲，秋水伊人兩不孤。

獨有騷人感歲殘，匆匆逝水幾時還。
他年又憶今宵事，才覺看山不是山。

仰視浮雲亂逐風，生涯幻滅亦如同。
崑崙本自千秋在，記取豪情便不空。

江南晚歲起東風，吹痛行人一夕同。
我是風中一輕絮，也思逐夢到青空。

吳清源大國手事略題詠

國技經年久失傳，先生妙手問玄天。
至今崇奉宗師號，一著誰能與占先？

其二

少年渡海震扶桑，落子天元意味長。
龍性本來無局束，時人敢議太輕狂。

其三

鋒芒映照十番棋，勝負枰前一大師。
百戰人間無敵後，方知天下妙手時。

其四

塵土虛名轉眼空，平常心見入神功。
晚來子弟傳衣缽，更有清輝在碧穹。

其五

不畏人譏試手新，不拘定石倍艱辛。
不分四海昌棋運，不悔華年換劫塵。

戲為學測作文歪腰郵筒作

人生何處不歪腰？上有官腔下有譙。
我輩宜從郵筒智，萌萌一笑最無聊。

其二

文章要好學歪腰，東扯西牽左右搖。
看磅橫飛風雨處，誰能依舊立如標？

從我的創作實踐領悟格律體新詩的無限可操作性

周琪

　　不知是機緣巧合還是繆斯女神有意為之，二〇〇八年我走進東方詩風論壇，從傳統詩詞愛好者變為格律體新詩愛好者。論壇的前身叫「古典新詩苑」，由一群不滿詩壇極端自由化現狀的年輕詩人組建，秉持回歸自然、回歸傳統、音韻與形式兼顧的詩歌美學觀念。二〇〇五年七月詩友們走出虛擬網絡，第一次在合肥聚會，將論壇更名為「東方詩風」，決議以新詩格律建設為己任，明確以建立「格律體新詩」為目標。十餘年來形成完整的理論體系，以理論支撐作品，以作品印證理論，是該論壇有別於其他詩歌論壇最顯著的特點。詩學家有萬龍生、程文、孫逐明、趙青山等，老中青詩人遍及全國各地。正因為知道格律對詩詞的重要性，我十分鍾情以現代漢語為依憑的新詩格律；又因為得益於詩詞格律，而在新詩格律的學習和運用中有一種「先天」的優勢。寫傳統詩詞的同時也寫格律體新詩，借詩詞的古典優雅，使新詩具有厚重感；又借新詩的現代氣息，使詩詞平添幾分活潑。這個華麗的轉身，給我晚年生活帶來無比快樂，也讓我的詩歌生涯迎來燦爛的春天。像我這樣同時涉足詩詞與格律體新詩的兩棲詩人遠不止我一個，我的老師王端誠先生、重慶詩人龍光復、尹國民、李高清，安徽詩人卜白都是很好的例證。

　　詩詞是通往格律體新詩的津梁，因為在格律上它們都有音韻、行數、字數的要求，共同具備音樂美、繪畫美和建築美，對仗還會為新詩帶來別樣的韻味。詩學家們還發現，就容量而言，一些定行詩體可在中國古典詩歌傳統中找到對應點。比如，符合新詩格律的十四行詩相當於七言律詩，八行詩相當於五言律詩，六行詩、四行詩分別相當於七、五言絕句。所以，詩詞與格律體新詩有著不能割捨的天然血緣關係，習慣戴著詩詞格律鐐銬跳舞的人，只要弄懂音步的劃分，斷無被束縛的道理（完整的理論體系只要百度一下便可查到，如果真心喜愛，技巧是不難掌握的）。眾所周知，絕句、律詩不外乎五言、七言幾種固定體式，詞牌、曲牌的體式多一些，但也各有嚴格的限制，不能突破。而根據聞一多先生的「相體裁衣」說和萬龍生先生提出，現在已被格律體新詩理論界普遍認可的格律體新詩的「無限可操作性」的概念，詩家只要依照對稱原理進行、成節、用韻，便可縫製適合自己詩情的「新衣」，新衣的樣式，可以無窮無盡。使用現代漢語的句式，不用考慮平仄，用《中華新韻》，偶韻、通韻、交韻、抱韻皆可。戴著這樣寬鬆的鐐銬跳舞，豈不美哉？

　　那麼，格律體新詩與詩詞又有哪些不同之處？它是怎樣做到無限可操作性的？有譜系嗎？要搞清這些問題，就必須先了解什麼是格律體新詩的三分法。所謂三分法，就是將格律體新詩進行科學分類後得到的三種體式，即整齊式、參差（對稱）式和複合式。它於上世紀九〇年代末由萬龍生先生首次提出，

經過十餘年實踐檢驗不斷完善而成。千萬別小覷這三種體式，它可以囊括所有符合新詩格律的作品，在此框架內構建的譜系成就了格律體新詩的無限可操作性。也就是說，無限可操作性建立在三分法的基礎上。萬龍生先生在《論東方詩風論壇詩人對新詩格律理論的探索成果》一文裡對譜系做了詳細展示，這裡不妨借來一用：

一、整齊式：全詩或詩中的不同單元（主要是節）由音步相等，字數也一致的詩行組成。

　1.主流詩體為齊言等步式：全詩各行字數和音步數都相等。

　2.衍生詩體：（1）變言異步式：同一首詩中，各單元（主要是節，也包括節內更小的部分）內，「行式」（即字數和音步數）一致，但單元之間，行式卻有變化，各不相同；（2）變言同步體：全詩中，各單元的「行式」變化只體現在字數上，而音步相同。

二、參差（對稱）式：

　1.單純參差體：只有一種基準詩節的作品；

　2.N重參差體：有一種以上基準詩節的作品；

　3.節內對稱體：詩節內部對稱，各節對稱方式可以根據詩人的意匠不斷改變，如同移步換景。

三、複合式：全詩兼有整齊、參差（對稱）部分者。

四、若干定行詩體（定行詩作必須符合格律體新詩規範，絕非僅僅定行）：

1.四行體；

2.六行體；

3.八行體；

4.十四行體；

A. 外國原式（4433 分節的意大利式與 4442 分節的英吉利式）。

B. 中國變式（符合格律體新詩三分法的多種體式）。

有了譜系，再來看看音步的劃分。「既然音步是格律體新詩最重要的節奏單位，而節奏是否形成規律化安排則是格律詩與自由詩的分水嶺，那麼它就是形成格律『建築』的磚石。所以在研究中如何劃分音步，在創作中如何安排音步，都是最基本、最關鍵的問題。」關於劃分音步的重要性，萬龍生先生如是說。我們知道，詩詞自古是用來吟唱的，音步劃分都是格式化，比較簡單。譬如雙音詞為一個音步，那麼，五言就是兩步加一個單音詞，七言就是三步加一個單音詞，這個單音詞放在句尾，形成三字尾或單字尾，就能達到很好的吟唱效果。如王之渙的「白日／依山／盡，黃河／入海／流」，杜甫的「叢菊／兩開／他日／淚，孤舟／一繫／故園／心」。也有將單音詞置於句中的，如杜甫〈登高〉的頷聯和頸聯：無邊／落木／蕭蕭／下，不盡／長江／滾滾／來。萬里／悲秋／常／作客，百年／多病／獨／登台。一般為了不使這兩聯顯得呆板，就要求這個單音詞的位置有所變化。僅此而已。

格律體新詩的音步劃分稍複雜一些，因為現代漢語以雙音詞居多，而雙音詞又往往與一個單音詞結合緊密，使得二字步和三字步在詩中占有很大比例，所以格律體新詩宜以二字步和三字步為主，以雙音詞收尾為宜。以聞一多先生的〈死水〉為例，它的節奏表明了頓的劃分：

　　　　這是／一溝／絕望／的死水
　　　　春風／吹不起／半點／漣漪

九言四步，為不使之呆板，兩句中間的三字步交錯在不同位置上（與詩詞的頷聯和頸聯同理）。萬龍生先生《再論格律體新詩的無限可操作性》重申：四字、五字的詞組性結構一般可分為兩頓，如「社會／主義」「人民／共和國」。帶虛字的四字結構則可採取形式化手段使之變形，如「顧不上／對落葉／的容光／鑒賞」就把「的」字後靠，避免比較冗長、致使節奏感受到影響的四字頓。通常，「對××的」、「在××的」、「是××的」這樣的四字結構都可以這樣處理。依據是古詩「關關雎鳩，在河之洲」「黃河之水天上來」「念天地之悠悠，獨愴然而涕下」。一字步是一種特殊的音部，它相當於詞裡常見的一字逗，必須獨立成步。

　　有一點需要說明，為什麼有些慣寫詩詞的人初寫格律體新詩，讀起來沒有現代語感，還是詩詞的韻味呢？其原因就是使用了詩詞慣用的三字尾或單字尾（「的」字後靠的三字尾不在

此範圍內）。而以現代漢語為載體的格律體新詩以雙音詞收尾者居多。當然格律體新詩對「三字尾」也不是絕對排斥的。卞之琳發現雙音尾與三（單）音尾在「調性」上有區別，雙音尾傾向於說話式，特點是比較柔和自然；三（單）音尾傾向於吟唱式，特點是節奏更加明顯。因此我們必須遵守格律體新詩這個原則，在同一首詩裡，要確定一種主要的調式，盡可能避免混用。掌握了音步劃分的要領，能按一定的規則來安排詩中的節奏，寫作格律體新詩就算入門了。當然，無論詩詞還是格律體新詩的創作，掌握格律只是最基本的要求，並不能保證我們能寫出好詩，但至少可以保證我們在正確的詩路上前行，離真正的詩歌更近一步。下面以拙作為例談一點體會，對格律體新詩的無限可操作性或許可窺一斑。

《松林偶得》，這首中規中矩的九言四步整齊式，是我進論壇不久的作品，也是我少數整齊式作品之一。之所以這類作品不多，不知是否跟我比較喜歡詞的長短句有關。一般我不會刻意去創作某一種體式，而是根據內容寫成什麼樣就是什麼樣。至於成稿後歸入哪一類，對我來說並不重要。個人有個不成熟的建議：有律、絕基礎的詩友初學格律體新詩不妨先從整齊式開始。善填詞或愛好自由詩的人，可嘗試參差式或複合式。此詩用韻，詩詞界的朋友也許不會認同，以為它出韻了。但是，格律體新詩是允許寬韻的。可見，新詩的「鐐銬」要比詩詞的「鐐銬」鬆很多。該詩如下（以斜線表示音步劃分）：

芳香的／松林／神秘／寂靜
鳥兒們／午覺／還沒／睡醒
濃密的／樹蔭／趕走／陽光
落葉／襲人／在幽深／小徑

我不敢／貿然／獨闖／密林
怦然／心動中／躊躇／不定
一隻／蝴蝶／竟翩翩／而至
環繞在／身邊／將我引領

撿一葉／深秋／裝進／背囊
摘一串／童話／藏進／集錦
美麗／蝴蝶／飛往了／何處？
我還在／林中／苦苦／找尋

　　《月》，參差（對稱）體。第一節是基準詩節（各行分別
是9、9、8、10言，四、四、三、四音步），後三節克隆之。

你從／春江／花夜裡／走來
搖落／千年／離人的／愁哀
在風輕／雲淡的／時候
可記得／塵滿／相思的／妝台

你從／烽火／連天處／走來
珍藏／泣血／憂國的／情懷

在露冷／霜白的／時候
可記得／庭院／深深的／徘徊

你從／一灣／海峽邊／走來
目睹／驚濤／險阻的／無奈
在霧鎖／煙籠的／時候
可記得／葉落／歸根的／感慨

你從／瓊樓／玉宇中／走來，
織補／無意／刮破的／雲彩
在魂牽／夢縈的／時候
將在水／一方的／人兒／等待

〈陶翁墓前〉，複合式十四行詩──中國變式（3344）。
首句入韻，押偶韻。前兩節對稱，第三節節內對稱。第四節為
十言四步整齊式。整首詩典出陶淵明〈歸去來兮辭〉，並直接
借用「請息交以絕游」、「雲無心以出岫」、「寓形宇內復幾
時」。

知道／你為何／請息交／以絕游
我把心／擇了／又擇
特來趕／千年的／等候

一如／你喜愛／雲無心／以出岫

我把天／擦了／又擦
想共賞／白雲的／悠悠

依戀／殘存的／田園
田園邊／不見／夢中／五柳
牽掛／墟里的／炊煙
炊煙外／誰還／山下／種豆

冷風／送來／你輕聲／的咳嗽
菊似的／微笑／酒一樣／醇厚
既然是／寓形／宇內／復幾時
有松菊／和美酒／足夠／足夠

　　〈殘荷〉為複合式十四行體，中國變式（33332）。首句
入韻，押偶韻。一、二節對稱，三四節對稱，但基準節式不
同；第五節為七言三步整齊式。

當別人／聽雨的／時候
我用／心靈
觸摸你／呼吸的／溫柔

任世俗／炫耀著／富有
你把／情思
珍藏進／潔白的／蓮藕

我怎配／憐你／孤獨／消瘦
誰會／堅挺／晚節的／端莊
於絢麗／之後

我怎敢／笑你／破敗／凋朽
誰能／裸裎／最後的／清白
在寂寞／深秋

當別人／悠然／聽雨
我卻在／用心／讀你

〈泛舟紅山湖觀水岸長城〉──寫在賀蘭山下。複合式，
首句入韻。中間兩節為參差（對稱）式。首尾兩節為變言變步
整齊式，因內容需要，特意安排「柳岸倒影」樣式，給人以水
上泛舟，波光搖漾，漸行漸遠之感。

我在／歲月的／長河裡／泛舟
你在／時光的／倒影裡／行走
斷崖／是你的／坐騎
水岸／有我的／回眸

黃沙／未冷
明月／爬上／城頭
我／若不是／當年／那管／羌笛
怎會／相視於／千載／之後

匈奴／遠去

狼煙／再指／倭寇

你／若還是／當年／那位／英雄

請／拔劍／像賀蘭／的風吼

水岸／有我的／回眸

斷崖／是你的／坐騎

你在／時光的／倒影裡／行走

我在／歲月的／長河裡／泛舟

〈孤光自照〉——寫在中秋之夜。三重參差（對稱）式，一二節、三四節、五六節各各對稱，採用了三種基準節式。誰說格律體新詩呆板？第二節反用王維〈鳥鳴澗〉「月出驚山鳥」，第三、四節添加田園和現代城市的元素，詩意非但沒有受到格律的束縛，相反，因為有建築美而顯得典雅厚重。首句入韻，押偶韻，首尾兩節的重言複唱似而不是，凸顯主題和現場感。

此刻／遠離／塵囂

拒絕／手機／問候的／高潮

此刻／挽留／蟲鳴

努力／喚回／驚飛的／山鳥

心扉／洞開

允許／兩分／憂傷／三分／孤傲

剩下／五分／開墾／心田

長出／悲憫的／禾苗

心鄉／柔軟

不許／鋼鐵／插足／水泥／圍剿

借我／詩仙／一點／豪腸

醉舞／冰雪的／劍嘯

此刻／風清

思念／托付給／金樽／關照

此刻／月朗

清輝中／我們／會心／一笑

〈為你寫詩〉，定行詩體——八行詩。七言三步整齊式，押偶韻。這種詩體尤其要用雙音詞收尾，否則，不小心就會變成古詩、民歌那種七言句式。

第一次／為你／寫詩

讀不讀／都沒／關係

春風／自江南／出發

會送來／我的／情意

想把／一生的／感謝
揉碎在／行間／字裡
再把／來世的／約定
珍藏進／你我／心底

　　〈咱爹咱娘〉，定行詩體——六行詩，八言四步整齊式。二〇〇九年底，論壇興起試作六行詩的熱潮，唱和之聲此起彼伏，煞是熱鬧。因為容量小，所以題材也小，但是感染力並不小。萬龍生先生稱這是螺獅殼裡做道場，真是趣味無窮。

娘是／爹的／杯中／小酒
爹是／娘的／手中／熱茶
相飲／相捧／六十／年啊

爹想／點擊／海峽／兩岸
娘要／理財／上網／規劃
窗外／雪花／捂嘴／笑啦

　　因為篇幅有限，不能面面俱到，但也足以說明格律體新詩的無限可操作性了。感謝萬龍生先生和王端誠先生引領我學習格律體新詩，他們的作品集才真是讓人目不暇接。對於中國的新詩，聞一多先生說得好：「它不要做純粹的本地詩，但還要保存本地的色彩，它不要做純粹的外洋詩，但又盡量地吸收外

洋詩的長處，它要做中西藝術結婚後產生的寧馨兒。」為此，東方詩風的詩人們已探索了十餘年，並將繼續為之努力。還是那句話，戴著鐐銬跳舞方顯高手。在有序的變化中尋求精美的佳構，對這樣一個能展示詩藝的平台，誰不願意上來一試身手？自己的詩行，自己做主，是一件何等快樂的事啊！

周琪
重慶市詩詞學會理事
《東方詩風》社副主編
格律體新詩研究員

文化生活叢書·詩文叢集 1301038

並蒂詩教

作　　者	徐世澤、張夢機	
	邱燮友、許清雲	
	黃坤堯、徐國能、周琪	
責任編輯	邱詩倫	
發 行 人	陳滿銘	
總 經 理	梁錦興	
總 編 輯	陳滿銘	
副總編輯	張晏瑞	
編 輯 所	萬卷樓圖書(股)公司	
排　　版	菩薩蠻數位文化有限公司	
印　　刷	百通科技(股)公司	
封面設計	菩薩蠻數位文化有限公司	

發　　行　萬卷樓圖書(股)公司
臺北市羅斯福路二段 41 號 6 樓之 3
電話 (02)23216565
傳真 (02)23218698
電郵 SERVICE@WANJUAN.COM.TW
大陸經銷
廈門外圖臺灣書店有限公司
電郵 JKB188@188.COM

ISBN 978-986-478-082-2

2017 年 5 月初版
定價：新臺幣 380 元

如何購買本書：
1. 劃撥購書，請透過以下帳號
　 帳號：15624015
　 戶名：萬卷樓圖書股份有限公司
2. 轉帳購書，請透過以下帳戶
　 合作金庫銀行 古亭分行
　 戶名：萬卷樓圖書股份有限公司
　 帳號：0877717092596
3. 網路購書，請透過萬卷樓網站
　 網址 WWW.WANJUAN.COM.TW
大量購書，請直接聯繫，將有專人
為您服務。(02)23216565 分機 10

如有缺頁、破損或裝訂錯誤，請寄
回更換

國家圖書館出版品預行編目資料

並蒂詩教 / 徐世澤等合著.
-- 初版.-- 臺北市 ：萬卷樓, 2017.05
　 面 ；　公分.--(文化生活叢書)
ISBN 978-986-478-082-2(平裝)

831.86　　　　　　106005875